BRAVE NEW WORLD

美麗新世界

ALDOUS LEONARD HUXLEY

阿道斯・赫胥黎——著 吳碩禹——譯

美麗新世界

Brave New World

作　　者　阿道斯．赫胥黎（Aldous Leonard Huxley）
譯　　者　吳碩禹
封面設計　莊謹銘
排版構成　高巧怡
行銷企劃　蕭浩仰、江紫涓
行銷統籌　駱漢琦
業務發行　邱紹溢
業務統籌　郭其彬
責任編輯　劉文琪
總 編 輯　李亞南
出　　版　漫遊者文化事業股份有限公司
地　　址　台北市103大同區重慶北路二段88號2樓之6
電　　話　(02) 2715-2022
傳　　真　(02) 2715-2021
服務信箱　service@azothbooks.com
網路書店　www.azothbooks.com
臉　　書　www.facebook.com/azothbooks.read
發　　行　大雁出版基地
地　　址　新北市231新店區北新路三段207-3號5樓
電　　話　(02) 8913-1005
訂單傳真　(02) 8913-1096
初版一刷　2019年6月
初版16刷(1)　2024年6月
定　　價　台幣299元

國家圖書館出版品預行編目 (CIP) 資料

美麗新世界 / 阿道斯. 赫胥黎(Aldous Leonard Huxley) 著 ; 吳碩禹譯. -- 初版. -- 臺北市 : 漫遊者文化出版 : 大雁文化發行, 2019.06
面；　公分
譯自 : Brave new world
ISBN 978-986-489-348-5(平裝)
873.57　　108008790

ISBN　978-986-489-348-5

烏托邦比我們從前以為的更容易實現。現在我們面臨了一個讓人更焦慮的問題：怎麼避免烏托邦走到現實？……烏托邦是可能實現的，而我們的生活正朝著它去。或許一個新世紀即將開始，在新世紀裡，知識分子和受教育階層會想辦法避免烏托邦降臨，並回到非烏托邦的社會型態。「完美」愈少，自由愈多。

——尼古拉斯・柏地雅夫（Nicholas Berdiaeff）

01

蹲踞於此的，是棟僅三十四層的灰色大樓。大樓入口上方寫著**中倫敦孵育制約中心**幾字，還有一面盾形牌刻了世界國的精神口號：**群體**、**認同**、**穩定**。

大樓一樓正對北的，是個工作間。偌大的室內，一片冥寂。儘管窗外暑熱，屋內溫度也如赤道般蒸騰，但透著窗爬進屋內的日光，卻苦苦尋不到那些罩著死白袍子，一隻一隻仿若鵝軀的人影，只摸著實驗室裡玻璃、鎳和瓷器映射出的光潔陰鬱。死寂之外是另一片死寂。作業員身著白色防護衣，戴著的手套也白，死屍那樣慘白。頭上燈光青冷，無生氣，鬼魅般的色澤。只有顯微鏡的奶黃色鏡筒透出一絲生氣，擦得晶亮的鏡身，有如奶油般，一道一道豐肥的黃光，沿著工作台一路迤邐而去。

「這裡，」主任開了門，說道：「就是授精室。」

孵育制約中心主任踏進實驗室。此時三百位授精員俯身專注地操作手邊儀器，心無旁騖，就連呼吸聲也幾乎聽不到，更聽不見有人分神喃喃自語或吹口哨。一批新學生，年紀都不大，一臉青澀稚嫩，亦步亦趨地緊跟著主任的腳步。人人手上都一本筆記本，只要偉大的主任一開口，哪個不是下筆疾書狂抄。這可是知情人士親口說的內幕消息，機會多麼難得。這位中倫敦制約中心的主任總是堅持親自帶領新學生認識各處室。

「好讓你們稍微有點概念。」他總對學生這麼說。他們是得有點概念，才能做好這些要動腦的工作，不過只要懂一點點就好，懂得太多就無法成為和諧快樂社會的一分子。大家都深知，實用帶來美善、帶來幸福，抽象概念則是人智性中的必要之惡。畢竟社會的中堅骨幹不是哲學家，而是實作的浮雕匠或郵票收藏家。

「明天，」主任半笑半警告：「就會分派正事給你們做，不會有時間空想那些有的沒有的概念。還有……」

多麼榮幸呀，能親耳聽知情人士開金口，能親手寫在記事本裡。男學生個個振筆狂書。

主任高瘦卻不減挺拔，巍巍走進實驗室。他有個長下巴，紅潤的豐唇僅能勉強覆住兩排崢嶸突出的牙齒。說不上算老還是算年輕。三十嗎？還是五十？還是五十五？很難說。反正，也沒人想發問。在福特紀元六三二年，這個穩定的年代，沒有人提問。

「一切當然要從源頭講起。」主任說。學生的筆記抄得愈發激昂起勁：一切從源頭講起。「這些，」他揮手指著說：「是孵育器。」接著開了扇隔熱門，他們看見成架成架的試管，每根試管上都標了號。「這是這週使用的卵子，會以正常血溫保存。精子呢……」此時他開了另一扇門說：「就不能置於三十七度的環境之下，必須以三十五度保存。跟血液同溫的話，精子會失去生育力。」正所謂用保溫棉捆著的公羊生不出小羊。

主任靠在孵育箱旁，跟他們簡述現代授育技術，而學生的鉛筆都在紙上迅速來回迅速寫下幾行潦草的字跡。主任先談到的自然是手術的背景。「上手術台的人都是自願的，因為這有利於社會大眾。再說了，接受手術的人還可以領一筆獎金，獎金可是等同於他們六個月的薪水。」主任接著解釋要如何保存摘取下來的卵巢，如何維持其生長與功能；然後又談到保存卵巢的最佳溫度、保存液的鹽度以及黏稠度等等；還講到成熟的卵子取出後要存放於哪種溶液中。接著，他帶學生走向工作台，好讓他們看看實際上如何從試管中抽取溶液出來，又是怎麼一點一點滴在特別加溫過的顯微鏡載片上；還有怎麼檢查卵子有無異常；怎麼計數卵子數量；怎麼將卵子移轉至透水透氣的儲存盒中；以及如何將儲存盒泡進含有活躍精子的溫熱黏液中（他領著他們看實際操作的狀況，還強調這黏液裡，每一立方公分至少有十萬隻精子）；十分鐘後，再將儲存盒自黏液中取出檢驗，若有尚未受精的卵子，則將儲存盒再次浸入黏液中，若還是未受精，則繼續相同操作。受精卵會被送進孵育箱裡。艾爾發族和貝塔族將放置在孵育箱直至裝瓶為止，伽瑪、戴爾它、愛普西隆等族則僅會在其中放置三十六小時就移出，以進行波康諾夫斯基程序。

「波康諾夫斯基程序。」主任重申一次。學生於是在筆記上這幾個字底下畫了條線。

一般來說，一顆卵子形成一個胚胎，一個胚胎長成一個人。然而經過波康諾夫斯基程序的卵子會出芽增殖，持續分裂。每個卵子出芽的數量從八到九十六不等，而每枝芽則另可發展成完整的胚胎，繼而發育成正常胎兒。以往只能孕育出一名胎兒的卵，現在卻可製造出九十六個人。這就叫進步。

「波康諾夫斯基程序其實是一連串的生長抑制。」主任說道：「抑制了受精卵的正常生長，卵子反而會不斷出芽。」

卵子以出芽回應抑制。筆又都動了起來。

主任手指向輸送帶上緩慢前進的一整架試管，此時正被送入一個巨大金屬箱，然後又出現另一架試管。機器嗚嗚嗡嗡運轉著。主任對他們說：試管通過金屬箱需要八分鐘。照射X光八分鐘是卵子所能承受的極限。照完之後，有些卵子會死亡。比較不易受X光影響的受精卵會分裂為二，多數則會生出四枝或八枝芽。然後全又會送回孵育箱，好讓發出的芽可以持續生長。兩天後，出過芽的卵子會被突然冷卻來抑制生長。接著芽上又會再分裂出兩枝、四枝或八枝芽，將這些芽泡進酒精，直至其近乎失去生命力才取出，然後又會繼續出芽。芽生芽、再生芽，並且反覆抑制，一直到芽胚無法承受，瀕死之際才停止抑制，讓芽胚自然生長。此時，原先的受精卵已經分裂為八至九十六個芽胚。你們想必也都認同吧，這是自然界中多麼偉大的成就呀！不像古時候的胎生，同卵孿生子不過是因為卵子偶有不正常分裂，一胎最多只能生出二或三個同卵孿生子。現在呢，一口氣製造十來個，甚至幾十個都沒問題。

「好幾十個。」主任又說了一次，邊說邊張著手臂，好像自懷抱中送出一份大禮一般。「好幾十個呢！」

學生裡頭有個不大機靈的傢伙，竟然還開口問主任，一次製造幾十個同卵孿生子有什麼好。

「我的好孩子呀！」主任立刻回過頭看著他。「難道你還不懂嗎？難道你還**看不出來**？波康諾夫斯基程序可是維持社會穩定的一大利器！」

<u>維持社會穩定的一大利器</u>。

標準化的男人和女人，同批生產。想想，有了波康諾夫斯基程序，一間工廠的工人可以全從同一顆卵子製造出來。

「九十六個同卵孿生子一起操作九十六台相同的機器！」主任的聲音似乎也跟著激動起來，微微顫抖著。「這是有史以來第一遭，人們，終於可以清楚知道自己身屬何處。」接著他複誦普世皆知的那句精神標語：「群體、認同、穩定」。多麼崇高的理想。「如果波康諾夫斯基程序可以讓一顆卵無限增殖，所有問題就迎刃而解了。」

當伽瑪族完全標準化，戴爾它族永遠不變，愛普西隆族徹頭徹尾相同，有了幾百萬個同卵孿生子，所有問題就迎刃而解。量產這條商業法則終於也能落實在生物學領域。

「可惜的是，」主任搖著頭，「我們無法讓一顆卵無限增殖。」

九十六似乎已經是極限了，平均值大概是七十二。一個卵巢與一名男性的精子所能製造出來的同卵孿生子，不過就這麼多。這已經是最極致的表現了（可惜還稱不上最好）。但即使要達到這個數值都不容易。

「畢竟，依自然定律，兩百顆卵成熟得花上三十年。但我們的任務是要維持人口穩定，使人口數一直維持此時此刻的狀態。要花超過四分之一世紀才造出雙胞胎，有什麼用？」

根本沒用。不過，幸好有波多史奈普技術，縮短了卵的成熟時間。兩年內，就可以讓一百五十顆以上的卵成熟。這些卵經過授精和波康諾夫斯基程序後，便能在兩年內，製造出平均一萬一千個（也就是一百五十乘以七十二）同卵孿生子。

「有時，碰上特例，我們甚至能用單一卵巢繁衍出一萬五千人呢。」

此時有名臉色紅潤的金髮年輕男子走過，主任朝他招招手說：「佛斯特先生，」紅臉男子立刻趨前。「能不能請你告訴大家目前單一卵巢的最高紀錄？」

「是，本中心目前最高紀錄是一萬六千零一十二人。」佛斯特先生不假思索回答。他說起話來，不拖泥帶水，一雙藍眼睛生氣靈動，顯然挺喜歡報告數據這任務。「一萬六千零一十二人，共分成一百八十九批孿生子。不過，有幾個熱帶地區的孵育中心的數字更漂亮。」他接著說：「新加坡可以做出一萬六千五百個，蒙巴薩甚至多到一萬七千個。但畢竟他們有先天優勢。大家真該看看黑人卵巢對腦下垂體激素的反應！像我們只經手歐洲人種，初次看到那種反應都震驚不已。不過，我們會擊敗他們的。我手上現在有個戴爾它負族卵巢，品質極好，才十八個月左右，目前已經製造出超過一萬兩千七百個了，有些已經脫瓶，有的還是胚胎。而且狀況還愈來愈好。打敗他們是遲早的事。」說這話的時候，他嘴邊泛起微笑，眼裡燃著熊熊鬥志，下巴也跟著揚起，決不輕易屈服的樣子。

「很好！這種態度我最欣賞！」主任大聲讚嘆，並拍了拍佛斯特先生的肩。「跟著我們一起走一走，跟這些孩子分享你的專業知識吧。」

佛斯特先生謙遜地微微一笑，接著說：「這是我的榮幸。」於是大家繼續向前走。

一進裝瓶室，就聽見一切事物骨碌碌卻和諧有序地運轉著。地下一樓器官儲存室的母豬腹膜片，一片片裁切成適當大小，由小貨梯飛快遞送上來。颯颯——喀啦！貨梯門一開，裝瓶員立刻伸手取出腹膜片，塞入瓶中壓平。在不見盡頭的輸送帶上，這一瓶還沒走遠，颯颯——喀啦！又一片腹膜自地下急速而上，等待裝進另一只空瓶，加入輸送帶上的漫長旅程。

過了裝瓶員這關，就到了安置員手上。整個流程又往前邁了一步。試管中的受精卵一顆顆被重新安置到更大的容器；安置員精巧地朝腹膜片劃了開口，將初生胚胎安置其中，倒入食鹽水。接著瓶子繼續往前，送到標定員那兒，試管上註記的胚胎血統、授精日期、所屬波康諾夫斯基群體等資訊都會轉載到瓶上。自此，每個胚胎不再無名，而是有名有姓、有了身分的個體。輸送帶繼續緩緩前行，穿過牆上的通道，徐徐進入社會地位預定室。

「索引卡一共占八十八立方公尺。」學生走進社會地位預定室時，佛斯特先生欣喜自滿地說著。

「上頭一一載明所有相關資訊。」主任補充道。

「每日上午更新。」

「每日下午重整。」

「一切規畫以此為依據。」

「需要製造多少人、需要具備哪些特質。」佛斯特先生說。

「各群體要分配多少數量。」

「任何時刻都有最佳脫瓶率。」

「並可即刻修正突發的誤差。」

「即刻修正。」佛斯特先生重申。「你們絕對想像不到上次日本大地震之後我加了多少班！」他笑吟吟的，邊說邊搖頭。

「社會地位預定員會將數據傳給授精員。」

「授精員依此提供預定員所需的胚胎。」

「胚胎瓶送至此，指派社會身分。」

「接著胚胎瓶再送往胚胎室。」

「也就是我們現在要去看的。」

佛斯特先生開了門，帶大家下樓，往地下室走去。地下室裡也是一陣暑熱。愈往下走，光線就愈微弱。穿過兩扇門、拐了兩個彎之後，就是密不透光的地窖了。

「胚胎跟底片差不多，」佛斯特先生半開玩笑地說著，打開裡面的第二道門。「只能放在紅光下。」

學生跟著佛斯特先生，由漆黑走進一片悶熱的暗紅中，好似夏日午後，日下閉目，透進眼中的朦朧深紅。一架一架、一層一層的胚胎瓶湧入眼簾又逐漸退去，像無數個紅寶石，閃爍著，寶石中則透著幽靈般的微紅形體，紫色的眼，狼瘡的紅疹，不分男女皆是。機器運作的聲響，哼哼唧唧地攪動一室的空氣。

「佛斯特先生，你來報點數據給他們吧！」主任大概累了，這麼對佛斯特說。佛斯特先生則是高興都來不及。

室內長兩百二十公尺，寬兩百公尺，高則是十公尺。他朝上指了指，然後學生個個如飲水的小雞，跟著揚起頭望向高高的天花板。

這裡一共有三層鋼筋架子，底層、第一層和第二層。它們如蜘蛛腳般朝四面延伸，消失在黑暗中。離學生不遠處可見三隻紅色鬼影，正忙著自電扶梯上卸下一支支細頸巨身的胚胎瓶。

電扶梯是從社會地位預定室通過來的。

每個胚胎瓶會放在十五個架子中的一個上。雖然不大容易看出來，每個架子其實都是輸送帶，以每小時三十三又三分之一公分的速度前進，每天前進八公尺，一共走兩百六十七天，兩千一百三十六公尺。瓶子會在帶上繞行底層一圈，第一層一圈，第二層半圈，直到第兩百六十七天早上，進入脫瓶室見到日光。然後，就是一條條獨立的新生命了！

「但在繞行期間，我們會對胚胎瓶施加各種操弄。非常多的操弄喔。」佛斯特先生一臉自豪地總結道。

「很好！這種態度我最欣賞！」主任又說了一次。「我們再四處參觀參觀吧，佛斯特，還是你來介紹。」

佛斯特先生繼續知無不言、言無不盡地介紹著。

他告訴學生，腹膜片上的胚胎怎麼成長，讓他們嚐了嚐用來供給胚胎養分的人造血，也向他們解釋為什麼要用胎盤素和甲狀腺刺激胚胎，當然也談到黃體素。還帶他們去看注射噴嘴，從零到兩千零四十公尺，每十二公尺就有噴嘴會自動注射。也講到在最後九十六公尺漸次遞增施打的腦下垂體激素。還仔細介紹了每個瓶子如何在一百一十二公尺處安裝人造母體循環系統，他們也看了人造血液的貯存庫，看了離心幫浦怎樣讓血液流入胎盤，以及讓代謝物流過人造肺與廢物過濾器。聊到胚胎常見的貧血問題時，佛斯特先生也說明如何靠施打大量豬肚萃取物和幼馬肝臟以補不足。

他還讓大家看看，每八公尺中的後兩公尺，是如何搖動瓶身，好讓胚胎習慣晃動。這道程序雖然簡單，卻可避免所謂的「脫瓶創傷」。藉由適當訓練，能夠減少瓶中胚胎所受到的衝擊。佛斯特先生仔細說明能夠降低脫瓶創傷的各種預防措施。也告訴他們在大約兩百公尺前後會進行的性別鑑定，還有標記性別的方式——若是男性則標明T，女性則打圈，會成為不孕女的胚胎則會被打上問號，白紙黑字清清楚楚。

「當然了，」佛斯特先生說：「對絕大多數人來說，生育能力不過是麻煩事。而對我們來說，每一千兩百個卵巢中，有一個有生育能力就足夠了。但我們還是希望能多點選擇。一定要預留一點安全空間嘛。所以我們讓三成的女性胚胎保有生育力。其餘的則會施打男性賀爾蒙，在性別鑑定後，每二十四公尺施打一劑。脫瓶之後，這些胚胎就會成為不孕女，也就是生理結構完全正常，但沒有生育力的女性。（「當然，」佛斯特先生補充道：「她們會不會長鬍子就不敢保證了。」）她們絕不會生孩子，而這一步終於讓我們踏進人為的無限創造領域，無需再拙劣模仿自然。」

他搓了搓手，十分興奮。因為，若只是成功孵育胚胎，並不值得自滿，隨便抓一隻乳牛來就可以辦到。

「我們也能預定社會地位並施加制約控制。每一個脫了瓶的小孩都是社會化的人類，是艾爾發族或愛普西隆族，是未來的下水道工人甚至是未來的……」佛斯特先生本打算要說未來的世界管理者，但想想立刻改說是「未來的孵育中心主任」。

主任顯然聽懂了這份恭維，對他笑一笑。

大家正好走到十一號架的三百二十公尺處。旁邊有個貝塔負族技工正忙著用螺絲起子跟扳手拴緊一個瓶子上的人造血幫浦。他每旋一下螺帽，電動馬達的聲音就沉了一點，再旋就更沉。沉呀沉，沉呀沉，直到最後一扭，終於好了，他看了循環記數器一眼，向前走兩步，然後對下一個幫浦重複剛才的所有動作。

「這是為了降低每分鐘的循環次數。」佛斯特先生解釋道。

「人造血循環得慢，進出肺部的時間就跟著拉長，胚胎獲得的氧氣就會減少。想讓胚胎無法正常生長，沒有什麼比缺氧更有效的。」語畢，他又搓了搓手。

「但為什麼不讓胚胎正常生長？」有個學生天真問道。

「笨蛋呀你！」主任的回應劃破一陣沉默。「你難道不知道，愛普西隆胚胎就得在屬於愛普西隆級的環境成長，也只能擁有愛普西隆級的遺傳特徵？」

顯然這孩子對此一無所知。他一臉困惑。

「等級愈低，」佛斯特先生說：「所供給的氧氣就愈少。」這麼一來，首先會受影響的器官就是大腦，接著是骨骼。如果供氧量只有正常的百分之七十，胚胎就會長成侏儒。如果不足百分之七十，則會長成無眼珠的怪物。

「那就一點用處也沒有了。」佛斯特先生說。

不過，倘若能發明縮短人類生理成熟期的技術，該有多好呀（他的聲音中充滿自信企盼），那是多麼偉大的成就！對社會的貢獻有多大！

「拿馬來說好了。」

大家立刻跟著想到馬。

從幼馬到成馬，只要六年。象也只要十年就成熟。但人卻到了十三歲還未性成熟，而且要到二十歲才算成人。當然，等待換來的是人的智慧。

「但愛普西隆族不需要聰明智慧。」佛斯特先生客觀公允地說。不需要，也得不到。可惜的是，儘管只要十年就能讓愛普西隆達到心智成熟，要讓他們身體成熟到足以擔負工作，卻得花上十八年。多少時間浪費在無用的發育期呀！假如能夠縮短他們體能發展的時間，比如說，只要花跟牛差不多的時間，那可以替社會省下多少成本！

「一定很多！」學生們喃喃附和著，似乎全都染上佛斯特先生的滿腔熱血。

他接著深入技術面，說起內分泌失調如何使人生長遲緩。他假設這是胚胎突變造成的。突變的影響是否能消除呢？愛普西隆胚胎能否經由適切的技術，長成正常的狗或牛呢？這些是目前碰到的問題，但都還沒辦法解決。

孟巴薩的皮爾金頓中心曾經製造出四歲就達到性成熟、六歲半就完全長成的人。科學上，這是一大躍進，對社會來說卻毫無用處。六歲大的成年男女太笨，就連愛普西隆族的工作也做不來。此外，這個技術要不就是讓胚胎完全突變，要不就是完全沒作用。怎麼在二十歲成熟和六歲成熟之間取得平衡點，他們還在努力，但目前仍無進展。佛斯特先生嘆了口氣搖搖頭。

大夥繼續在深紅微光中前進，走到了九號架的一百七十公尺附近。從這裡開始，九號架會進入一個封閉環境，架上的瓶子則會在寬約兩三公尺，類似隧道的環境中完成繞行，當中施以干擾刺激。

「耐熱制約。」佛斯特先生說。

隧道有熱有冷，交替出現。進入寒冷隧道時，還會照射強X光來製造不舒適。於是在脫瓶前，裡頭的胚胎已形成對寒冷的畏懼。早在預定社會地位時，這些胚胎就被指定為適合居住在熱帶的人，好成為礦工、人造纖維紡織工或煉鋼工人。日後，他們也會擁有與身體反應一致的心靈。「經過制約，在愈熱的地方，他們表現愈好。」佛斯特先生下了結論。「樓上的同仁會教導他們如何享受炎熱。」

「熱愛你必須做的工作，」主任插嘴，說教起來：「這就是促成幸福道德的祕訣。也是各種制約訓練的目標：讓人歡喜接受宿命，擁抱無從躲避的社會責任。」

在兩段隧道間，一位護士手拿針筒，小心翼翼為每個經過眼前的瓶子注射。學生們和兩位前輩嚮導則在一旁靜靜觀察，看了好一會兒。

「嗨，列寧娜。」她拔出注射器，站直身子之後，佛斯特先生說。

女孩轉過身來，有些吃驚。她身上有狼瘡斑，眼睛也是紫色的，卻出奇美麗。

「亨利！」她隨即拋出燦笑，露出一排貝齒。

「不錯！不錯！」主任默默說著，並且拍拍她，她也立刻回以恭敬的笑容。

「你現在注射的是？」佛斯特先生用極為專業的口吻問道。

「喔，就是普通的傷寒跟非洲錐蟲症疫苗。」

「熱帶工人胚胎會在一百五十公尺處接種疫苗。」佛斯特先生向學生解釋。「此時，胚胎仍具有鰓。我們替這些『魚』在還不成人形時就做好未來人類疾病的防治。」語畢，他轉向列寧娜說：「老樣子，下午四點五十，屋頂見。」

「不錯！」主任又說了一次，也再拍了列寧娜一下，接著就跟著大夥走了出去。

此刻十號架上裝滿了未來的化學工人，正在接受制約，以便日後能容忍鉛、氫氧化鈉、瀝青、氯等物質。三號架上，兩百五十位未來的火箭工程師，其中的第一批正通過第一千一百公尺處。一個特殊機械裝置不斷旋轉這些胚胎瓶。「這是要增強平衡感。」佛斯特先生說明：「在半空中的火箭外側做維修工作可不容易。我們在胚胎直立時減低血液循環次數，讓胚胎處於飢餓狀態；倒立時，則讓次數加倍。他們慢慢就會覺得頭下腳上才身心舒暢，唯有這樣才會覺得開心。」

「好，」佛斯特先生接著說：「現在我可以帶你們看幾個高智商艾爾發正族所受的制約訓練，相當有趣唷。五號架上現在就有一大批。就在第一層。」他喊住兩個正要走到地面層的男孩。

「他們差不多在九百公尺處。」佛斯特先生說：「在胚胎的尾巴消失前，很難給予智力上的制約訓練。來吧。」

主任看了看錶，說：「兩點五十了。我們恐怕沒有空看高智商胚胎了。得在嬰兒午睡結束前帶他們上去育嬰室看看。」

佛斯特先生一臉失望，懇求著：「要不去脫瓶室看一眼就好。」

「好吧。」主任親切笑著說：「就看一眼。」

02

佛斯特先生留在脫瓶室，主任則領著學生搭最近的電梯上五樓。

育嬰室，新帕夫洛夫制約室。門外的布告欄上寫著。

主任打開一扇門，大家跟著走進一個空無一物的大房間。室內陽光普照，因為面南那側是一整片落地窗。房間裡有六名護士，一身上下全按照規定，上衣、長褲都是白色人造麻。頭髮則基於衛生考量，全紮在白色護士帽下服服貼貼的。護士正捧著一大盆一大盆的玫瑰花，沿著房間排成一列。每一盆都被玫瑰花填滿，成千上萬盛開怒放的花瓣重重疊疊，絲緞般細緻，像是無數個小天使的飽滿笑頰。但笑頰之中，不光只有粉色或亞利安人皮膚那種白皙，還雜有其他顏色，黃皮膚醒目、拉丁裔黝黑，更有太用力吹奏號角而漲成的一臉豬肝紅，以及白大理石那樣的死白。

主任一走進來，房內的護士就挺直腰桿站好。

「把書擺出來。」主任下令。

護士默默聽令照辦，在花盆與花盆之間擺出一列四開本的大書，仔細翻開排好，書上全是花鳥蟲獸的圖案，鮮豔生動。

「把小孩帶進來。」

護士立刻走到門外，過了約莫一兩分鐘，每個人手推著一台升降機似的大金屬架，上頭四層，裝著八個月大的嬰孩，每個孩子都是同一張臉孔（顯然全屬於同一個波康諾夫斯基群體），都穿著卡其色衣服（因為他們全是戴爾它族）。

「把他們放到地上。」

嬰兒被一一從櫃上放下。

「調整一下位置，讓他們都能看到花和書本。」

所有嬰兒一被轉過身，全都靜了下來，立刻朝鮮豔雅致的花朵和明亮醒目的圖案爬去。陽光正好從雲間探出頭來，玫瑰豔得似著了火，彷彿心中突然湧出的滿腔熱血，書頁似乎也添了幾分興味。一排排向前爬行的嬰孩，興奮的尖笑聲咯咯嘎嘎此起彼落。

主任搓了搓手，說：「很好！狀況好得幾乎跟預期沒兩樣。」

動作快的幾個小孩已經爬到了，伸出小手，怯怯地摸著抓著，忙著拉下美得不真實的花瓣，把插畫書頁抓皺。主任靜靜等待，等到所有小孩都快樂地把玩眼前的東西時，便開口說：「你們看好了。」接著他舉起了手，打了個暗號。

房間那頭，護士長站在控制板旁，拉下一個小桿。

一陣爆炸聲轟隆響起，警報器嗚哇嗚哇尖聲叫著，警鈴也讓人心慌似地大響。

孩子一個接一個開始大叫，臉上五官全因恐懼糾在一起。

「好，再來。」主任高聲喊著（因為室內噪音震耳欲聾）：「再加一點輕微電擊吧。」

他又揮了揮手，護士長拉下另一個控制桿。嬰孩們的尖叫聲立刻變調，變成間歇的哀嚎，近乎瘋狂而絕望。小小的身軀因痙攣而僵直，四肢不斷抽搐，好像上頭接著通電的無形電線一般。

「我們可以讓這整片地板全都通電。」主任高聲解釋道。「不過現在這樣就夠了。」他向護士長示意。

爆炸聲停了，警鈴也不響了，嗚哇嗚哇的警報聲愈來愈低終至消失。一條條僵直的身軀漸漸鬆軟，原先瘋狂的哀嚎啜泣則轉為普通的驚懼與嚎啕大哭。

「再把花和書拿給他們看。」

護士聽令照辦。一看見玫瑰花和書頁上可愛的小貓咪、小公雞、咩咩羊，孩子個個怕得縮成一團，哭得更大聲了。

「看好了，」主任得意洋洋地說：「看清楚了。」

書本與噪音，花朵與電擊，在這些小孩心裡，這些事物已經兩兩配對；只要再經過兩百次同樣的制約訓練，就會緊緊連繫在一起，不可分割了。自然力量再也無法抵抗人為的結合。

「這些孩子長大後，就會發展出心理學家所謂的『本能』厭惡，打心底討厭書本和花朵。這種反射反應表示制約成功了。終其一生，他們不會再摸任何一本書或任何植物。」主任轉頭對護士說道：「把他們帶走吧。」

依舊號哭不已的卡其服嬰兒被抱回櫃子推了出去，留下一屋子吐奶的酸味和好不容易得來的寧靜。

有個學生舉起手發問。他可以理解不讓低階人種浪費時間看書，畢竟閱讀有一定風險，很可能導致制約反應破除，這誰都不樂見。但花又是為什麼呢？他不懂，為什麼要大費周章讓戴爾它族討厭花呢？

主任耐著性子慢慢解釋。讓小孩討厭花朵，完全是基於經濟發展的考量。沒多久之前（大約一百年前左右），伽瑪、戴爾它甚至愛普西隆族都被制約成喜愛花和大自然，用意是要讓他們一有機會就搭乘各種交通運輸工具去鄉間遊玩，好刺激交通運輸消費。

「難道他們沒把錢花在交通運輸上嗎？」那學生問。

「有，還不少。」主任答道：「但只花在交通上。」

主任指出，櫻草和風景有個大缺點，就是不花一毛就可享受。喜愛大自然無法刺激工廠生產，因此才有了不讓低階人種喜愛自然的決定。不讓他們親近自然，但還是得讓他們想把錢花在交通上。即使他們身處鄉下會覺得極不自在，也要讓他們常往鄉下跑。只要能找到比櫻草和風景更好的誘因，讓他們持續消費交通工具就好了。而這個誘因也順利找到了。

「在制約之下，一般大眾都厭惡大自然，」主任說著：「不過，我們也同時制約他們熱愛所有的鄉間運動。還有，我們也極力確保每一種鄉間運動必須配有精巧的裝備。這樣就能同時刺激機械商品和運輸的消費了。所以才有這些電擊課程。」

「原來如此。」提問的學生說完默然不語，沉浸在欽崇敬畏之中。

見其他人也都沒開口，主任於是清清喉嚨又開口道：「從前從前，吾主福特仍在世時，有個叫做魯本．拉賓諾維奇的男孩。他的雙親都說波蘭語。」主任停頓了一下，問道：「我想你們應該知道波蘭語是什麼吧？」

「是一種已經亡佚的語言。」

「德語、法語也是。」另一名學生急忙補充，亟欲展現自己所學。

「那麼『雙親』呢？」主任又問。

問完，現場鴉雀無聲，一片侷促不安。有幾個男孩甚至因為聽到這個詞而漲紅了臉。赤裸的真相和汙穢齷齪之間往往只隔著一條線，而這些孩子還無法區隔兩者的差異。終於，有個學生鼓起勇氣舉起手。

「人類曾經是……」他猶豫了一會兒，血似乎全衝上臉頰，嚅嚅地說：「呃，嗯，人以前是胎生的。」

「沒錯！」主任嘉許地點點頭。

「而嬰兒脫瓶之後……」

「是『出生』之後。」主任糾正道。

「喔對，那之後他們就是雙親。呃，我說的當然不是嬰兒，是另外那兩個人。」這可憐的傢伙都快錯亂了。

「簡單來說，」主任總結道：「雙親就是父親和母親。」這赤裸裸的骯髒真相喀啦一聲，敲碎了男孩們低垂眼簾築成的尷尬靜默。「母親，」主任又揭了揭真相的瘡，靠回椅背說：「我知道，這些歷史對你們來說，不是多光彩。但話說回來，幾乎所有的史實都有不光彩的一面。」

他又回到小魯本的故事，說有一天晚上，魯本的父親和母親（喀啦、喀啦）一時疏忽，開了整晚收音機。

（「你們應該還記得，在過去人類胎生的日子，小孩不是交給國家制約中心，而是由父母養大的。」)

這孩子睡著了之後，收音機播起了倫敦的一個廣播節目。隔天早上，他的喀啦和喀啦（膽子大一點的學生忍不住咧嘴互視而笑）發現，小魯本竟然一字不漏地複誦起一位古代作家蕭伯納（「這是少數作品可以留存到現代的作家。」）的演講內容。根據考證，蕭伯納那篇演講是在暢談自己的天才洋溢，但魯本的喀啦和喀啦（又幾個學生眨眨眼竊笑）當然完全不懂內容，只以為自己的孩子發瘋了，於是趕快請了醫生來。幸好醫生懂英文，也知道那是前一晚廣播中的蕭伯納演講。他明白發生了什麼事，於是寫了封信給醫學刊物說明這個重大事件。

「睡眠學習法的原理就是在此時發現的。」主任刻意停頓了一下。

原理是發現了，但有效應用卻等了很多年。

「魯本這個案例發生在吾父福特的T型車上市二十三年後。」（說到此，主任立刻在肚子前比劃了個T字，所有學生也恭敬地照做。）「然而……」

學生又瘋狂抄寫著。「睡眠學習法，首次正式使用是福特紀元二一四年。為什麼之前不使用呢？原因有二，第一……」

主任說：「早期的實驗者走錯了方向，都把睡眠學習當作訓練心智的工具。」

（一個小男孩向右側熟睡著，右手臂伸得長長的，手掌軟綿綿地掛在床緣。圓形喇叭中傳來輕柔的聲音。

「尼羅河是非洲最長、世界第二長的河流，儘管較密西西比河短，流域面積卻是世界第一廣，一共橫跨緯度三十五度。」

隔天早餐，有人問男孩：「湯米，你知道非洲最長的河是哪一條嗎？」男孩搖頭。「那你記不記得這個：尼羅河是……」

「尼羅河－是非洲－最長－世界－第二長－的河流……」男孩嘴裡自然而然吐出這些字詞。「儘管較密西西比河……」

「好，那非洲最長的河流是？」

湯米兩眼無神，說：「我不知道。」

「湯米，不是說了尼羅河嗎？」

「尼羅河－是非洲－最長－世界－第二長－的河流……」

「好，湯米，非洲哪條河最長？」

湯米急得哭了，大吼：「我不知道！」）

主任說，這一吼，讓早期研究睡眠學習的專家退卻了，相關的實驗也全都跟著停擺。沒有人再想趁孩子睡著時教他們尼羅河有多長。確實，不懂來龍去脈就要通曉事物原理，這是不可能的。

「如果他們當時從道德教育著手……」主任邊說邊帶領大夥走到門邊。學生一一跟上進入電梯，並且忙著把主任的話全記下來。「道德教育，與理性完全沾不上邊。」

「安靜。安靜。」一踏入十四樓，立刻聽見喇叭傳來的微弱聲響。每走過一條走廊，就可以聽見喇叭毫不停歇播著：「安靜。安靜。」別說是學生了，就連主任本人都忍不住踮起腳尖放輕腳步。沒錯，他們全是艾爾發族，但即使艾爾發族也被充分制約了。「安靜。安靜。」這命令句如律令一般，瀰漫在十四樓的空氣中。

一行人就這麼躡手躡腳走了五十碼，跟著主任在一扇門前停下腳步。主任小心翼翼開了門，大家跨過門檻，走進一間寢室，室內百葉窗全拉下，僅有一絲微光。八十張嬰兒床沿著牆一字排開。除了嬰孩綿綿的呼吸聲，還有人說話的聲音喃喃不絕，彷彿是在遠處輕聲說著。

房裡有位護士，看見主任進來立刻立正站好。

「下午的課程是什麼？」主任問。

「前四十分鐘是基礎的性教育，」護士答道：「現在是基礎的階級意識教育。」

主任緩步走過一張張嬰兒床。八十個男女嬰面色紅潤，睡得香甜，呼吸輕勻。每個枕頭底下都傳來細語低鳴，主任走到一張床旁，停下腳步，彎下腰仔細聆聽。

「你剛說是基礎階級意識嗎？我們來用擴音喇叭把聲音大聲一點放出來好了。」

房間那頭的牆上架著一個擴音喇叭，主任走上前，按下開關。

「……都穿綠色，」喇叭傳來一個聲音，輕柔堅定地說著：「戴爾它族都穿卡其色。喔，不要，我不想跟戴爾它族的小孩一起玩。愛普西隆族更糟。他們笨到不會看書也不會寫字。還有，他們穿的是黑色，多野蠻的顏色呀。真慶幸我是貝塔族的。」

聲音停了一陣子，然後又重新開始。

「艾爾發族的小孩都穿灰色。他們工作比我們辛苦多了，因為他們聰明至極。真慶幸我是貝塔族，不用像他們工作得那樣辛苦。我們又比伽瑪和戴爾它族好多了。伽瑪族很笨，他們都穿綠色。戴爾它族都穿卡其色。喔，不要，我不想跟戴爾它族的小孩一起玩。愛普西隆族更糟。他們笨到……」

主任關掉擴音喇叭，反覆不斷的話語跟著消失，只剩遊魂般的聲響在八十個嬰兒的枕下呢喃不止。

「他們睡醒前，這段話會反覆播放四十到五十次。週四時再播一輪。然後週六也是。也就是一週聽三天，一共一百二十次，為期三十個月。接著他們就可以上進階課程了。」

玫瑰配上電擊，戴爾它的卡其色配上嗆辣的阿魏草，這些組合在孩子會說話之前就牢牢烙在他們腦袋裡。但感官制約原始粗糙，無法彰顯細微差異，也無法灌輸複雜行為模式。只有語言，而且是沒有道理的語言才辦得到。簡而言之，就是得靠睡眠學習。

「這是有史以來最強大的教化和馴化工具。」

學生們再次低頭逐字記下。第一手的內幕消息啊。

主任再度按下開關。

「……聰明至極，」那輕柔委婉的聲音依舊不屈不撓播送著：「真慶幸我是貝塔族，不用……」

唯有滴水才能穿石，此言不假，但這些聲音更像一滴一滴的封蠟，落在哪裡就黏住不放，層層包覆，直到最頑強堅硬的石頭被吞噬成一團蠟紅。

「最後，這些孩子的心裡只有這些聲音，這些聲音也就等同於他們的意念。不只是孩子，連成人的心也一樣，終其一生如此。這些意念構成了人心，左右各種欲望決策；這些意念就是我們給的意念！」主任喜不自勝，放聲說：「是國家給的意念。」他朝手邊的桌用力一拍，「因此……」

背後傳來聲響，主任回過頭去。

「吾主福特呀！」他立刻放低聲音說：「我不小心把孩子們吵醒了。」

03

外頭花園裡，正值孩子的遊戲時間。草坪上六、七百個男孩女孩，裸身在六月的溫暖陽光下尖叫奔跑、打球玩樂，或者三三兩兩蹲坐在花叢間嬉戲。玫瑰盛開，樹叢間兩隻夜鶯兀自高歌，椴樹上的杜鵑也不成調地唱著。空氣中蜜蜂與直升機穿梭聲嗡嗡作響，令人發睏。

一局離心力球賽剛好開打，主任跟學生們站著看了一會兒。一座鉻鋼的圓錐塔旁，二十個孩子沿著塔圍了一圈。一顆球朝上一拋，落在塔上的平台，滾進塔內，掉入高速旋轉的圓盤上。塔殼上有許多球孔，球會從任一孔中發射出去，圍在塔外的孩子得把球接住。

「說也奇怪，」大家轉身離開時，主任暗自想著：「吾主福特在世時，只要有一兩顆球和幾根球棒、或者再加幾張網子就可以玩遊戲或從事體育活動。但這些體育賽事無法刺激消費製造，竟然也允許人們參與，多愚蠢的決策呀！簡直沒有理智可言。現在這時代，不管什麼新活動，如果參與活動所需配備數量少於目前最複雜的活動，管理者都不會允許新活動出現的。」主任打住自己腦中思緒。

「看看那兩個小朋友，多可愛。」主任指著說。

在高高的地中海石南花叢邊，有兩個孩子。男孩大約七歲，女孩可能比男孩長一歲，兩人正認真探索著彼此，如同科學家探求未知那樣專注。是最原始基礎的性遊戲。

「很可愛，很可愛吧！」主任激動地說著。

「沒錯，很可愛。」學生們不願失禮，嘴上紛紛附和，但臉上的笑容卻帶點不齒。畢竟這種幼稚的活動他們自己才擺脫沒多久，現在看來，心裡自然有著止不住的輕蔑。可愛？拜託，那不過就是兩個小孩在玩耍罷了。全是小孩玩意兒。

「我總覺得，」主任的聲音聽起來依舊感性，但話說到一半就被一陣大哭打斷。一位護士自附近的灌木叢裡走了出來，手裡牽著個小男孩，男孩邊走邊哭。接著是一個小女孩，神色緊張，快步跟著。

「什麼狀況？」主任問。

護士聳聳肩說：「沒什麼。這孩子似乎非常厭惡性遊戲，不想玩。之前就有過一兩次了，我有發現。今天又一次，所以他剛剛才會大叫……」

「我真的，」神色不安的小女孩忍不住插話：「我真的沒有欺負他，真的。」

「我知道你沒有，小寶貝。」護士趕緊安慰她。

「大概就這樣，」護士轉向主任說：「我得帶他去讓心理監督室副室長看看，有沒有什麼不正常的地方。」

「很好，沒錯，該帶他去看看。小妹妹，你就留在這邊。」主任說道。於是護士和仍在大哭的可憐蟲走了出去。

「你叫什麼名字？」主任問女孩。

「波莉．托洛斯基。」

「這名字真好聽。」主任回應：「好，現在快去玩吧，找其他小男生跟你玩。」

小女孩蹦蹦跳跳進入樹叢，沒一會兒就不見人影了。

「真是個可愛的小傢伙！」主任讚嘆道。又回過頭對學生說：「我接下來要告訴你們的事情，也許聽來會覺得不可思議。但話說回來，如果你不熟悉歷史，很多史實聽來都是不可思議的。」

接著主任說出一段驚人的史實：在吾主福特之前有很長一段時間，甚至之後幾個世代，孩童間的性遊戲不但被視為變態（一陣轟然大笑），更被視為不道德（不會吧），因此被嚴格禁止。

主任眼前的聽眾滿臉狐疑驚訝。小孩連這種小小娛樂都不能有嗎？太可憐了。沒有一個人相信主任的話。

「別說小孩，」主任接著說：「就連你們這年紀的青少年也是……」

「怎麼可能！」

「除了一些見不得人的自慰和同性性行為，什麼都沒有。」

「什麼都沒有？」

「一般來說，二十歲之前都沒有性行為。」

「二十歲？」學生們齊聲驚呼，不敢置信。

「是的，二十歲。」主任說：「我就說你們會覺得不可思議吧。」

「那後來呢？」學生問道：「後來發生什麼事？」

「後果很糟。」一個深沉宏亮的聲音不知從何處竄出。

大家四處尋著聲線的主人。在這群人旁邊，有張陌生臉孔，中等身材，一頭黑髮，鷹勾鼻，紅嘴唇，一雙黑眼珠炯炯有神。「後果非常糟糕。」他又說了一次。

那時主任正坐在花園中隨處可見的膠鋼長凳上，他一看到這位陌生男子，立刻箭步上前，伸出雙手，露齒的笑容顯得熱情過了頭。

「管理者！真想不到您竟然親自過來！孩子們，你們怎麼愣著？這是管理者啊，穆斯塔法·蒙德閣下。」

制約中心裡，四千間辦公室中的四千台電子鐘同時敲響四下。聲音自一個個擴音喇叭傳出。

「大日班下班，小日班接班。大日班下班……」

電梯裡，準備去更衣間的亨利・佛斯特跟社會地位預定室副主任刻意背對心理室的柏納・馬克斯，不想面對這名聲不好的傢伙。

胚胎室裡機器嗡嗡嗒嗒，依舊在猩紅色的空氣中迴盪。輪班的人來來去去，狼瘡色的臉一張換過一張，但輸送帶永恆不變，不停莊嚴地向前遞送未來的男男女女。

列寧娜・克勞恩輕快地走向門口。

這可是穆斯塔法・蒙德閣下！學生敬著禮，訝異得雙眼幾乎要彈出眼眶。穆斯塔法・蒙德閣下耶！他可是西歐常駐管理者！十位世界管理者中的一人。十人中的一人……管理者與主任坐在凳子上，看來他要留下來，沒錯，他要跟他們一起，而且還要跟他們說話……親口述說第一手內幕消息！內幕消息！

兩個蝦棕膚色的小孩從附近的灌木叢竄出來，撞見這群人後一臉驚訝，瞪大了眼，不一會兒又鑽回樹叢內繼續先前的遊戲。

「你們都記得，」管理者用他低沉有力的聲音說道：「我想你們一定都記得吾主福特那句發人深省的名言：『歷史全是胡說八道，歷史，』」他再緩緩說了一次：「全是胡說八道。」

管理者揮了揮手，彷彿手上握著雞毛撣子一樣，輕輕一抖，就掃去了歷史的塵埃，掃去了哈拉帕[1]、掃去了迦勒底的吾珥[2]。手再一揮，掃去了歷史的蛛絲，底比斯、巴比倫、克諾索斯、邁錫尼統統都消失。再揮、又揮，奧德賽下落何處？約伯下落何處？朱比特、釋迦牟尼和耶穌又下落何處呢？再一揮，什麼雅典羅馬、什麼耶路撒冷和古中國等古老塵埃也全都跟著灰飛煙滅。輕輕一抖，所謂義大利不復存在，再一抖，教堂也不復存在，再一抖，李爾王的故事和帕斯卡的思想也消失了。手一動，抹去了耶穌受難記，又一動，掃走了安魂曲，再一揮，交響曲也沒了……揮、揮、揮……

「亨利，晚上打算去看實感電影嗎？」預定室副主任說：「聽人家說，阿蘭布拉戲院最近放映的是一流的實感電影。有一場在熊皮地毯上的床戲，聽說非常逼真，熊皮上的每根毛都栩栩如生，

1 位於現今巴基斯坦的古城。
2 美索不達米亞的古城。

好像真摸得到一樣。」

「不教你們歷史，是有道理的。」管理者說：「但現在是時候了……」

主任緊張兮兮看著管理者。之前就有流言蜚語，說管理者的書房裡有個保險箱，藏著古老的禁書，像聖經或詩集之類的——只有吾主福特知道那些是什麼！

主任神色焦急，穆斯塔法．蒙德看在眼裡，但他只以嘴角的蔑笑回應。

「主任你就放心吧，」他話中微帶嘲弄：「我不會汙染他們的思想。」

主任滿心困惑不解。

感覺自己受輕視的人其實最會輕視別人。柏納．馬克斯臉上的笑容正屬於那種輕蔑的笑。哼，說什麼每根毛都栩栩如生！

「那我一定得去看看。」亨利對副主任說。

穆斯塔法．蒙德傾身向前，揮擺著一隻手指。「試想，」他的聲音有種奇特張力，讓學生們的橫膈膜也隨之緊張糾結：「請試著想想看，如果你有個胎生的母親，是什麼感覺？」

那個不堪入耳的詞彙又出現了。這回，聽者之中沒有一個人笑得出來。

「也請你們想想看『跟家人一起生活』是什麼意思？」

學生們想破頭，卻怎麼也想不出來那是什麼情景。

「有誰知道『家』是什麼嗎？」

大家搖搖頭。

列寧娜．克勞恩自猩紅色的地下室搭電梯直上十七樓，一出電梯就右轉，沿著長廊走到一扇寫著**女子更衣間**的門前，開了門，走進一片震耳欲聾的喧囂，由女人臂膀、胸脯、內衣交疊而成的喧囂。熱水一股股注入上百個澡盆，又汨汨流出。八十台真空震動按摩機轟轟嘶嘶作響，同步捏揉吸吮著八十個高位階女性緊實的古銅色緊實胴體。人人都放開嗓門說話。合成音樂播放器則唱起小號獨奏。

「嘿，芬妮。」列寧娜向隔壁置物櫃的年輕女子打招呼。

芬妮在脫瓶室工作，她也姓克勞恩。地球人口有二十億，但可用的姓氏只有一萬個，所以遇到同姓氏的人很尋常，沒什麼特別的。

列寧娜拉下拉鍊——先拉下夾克拉鍊，接著雙手並用拉下褲子的兩條拉鏈，最後才是內衣上的拉鍊。腳上長襪和鞋子還沒脫，她就直接走進浴室裡。

所謂家，所謂家庭，就是在幾個小房間裡，挨挨擠擠住著一個男人、一個定期產子的女人和一群年齡不等的男孩女孩。沒有空氣、沒有空間、也沒有足夠的消毒。有的只是黑暗、疾病、惡臭。

（管理者的描繪過於生動，有個比較敏感的男孩聽著聽著就臉色發白，差點吐了。）

列寧娜走出浴室，用毛巾把渾身上下揩乾，接著拿起牆上垂著的一條長軟管，將噴槍嘴對準胸口，以一種近似於自殺的姿勢，按下開關，一陣暖風挾著微細的爽身粉撲向她。洗手台上方的水龍頭中儲有古龍水，一共八種不同香調。列寧娜旋開左邊數來第三個水龍頭，在自己身上輕灑上苔柑調香水，然後拎起鞋襪，打算去看看有沒有空著的真空震動按摩機。

所謂的家，不論就實體意義或精神意義，都只有一個髒字可言。精神意義上，家就是兔子窩、是垃圾堆，充斥著擁擠生活中的摩擦碰撞，放任情緒的惡臭蒸騰四漫。親密關係令人窒息，親族關係則是危險瘋狂又淫穢。母親總是發狂似地為她的孩子擔憂（哼，**她的**孩子），彷彿母貓照料小貓那樣緊張。母親就像會說話的母貓，成天只會「哦，我的寶貝、我的寶貝」說個不停。只會說：

「哦，我的寶貝就在我的懷裡，看那小手、看那飢餓的小嘴，這種甜蜜的負荷真是難以言喻！我要一直看著，直到我的寶貝睡去，直到我的寶貝睡到嘴邊冒出白色唾沫。我的寶貝快睡……」

「是的，」穆斯塔法．蒙德點點頭說：「你們會覺得不寒而慄是很正常的。」

「今晚你要跟誰出去？」列寧娜問道，她剛從真空震動按摩機那裡走過來，全身上下煥發珍珠般的紅潤光彩。

「沒要出去。」

列寧娜揚起眉毛，有些詫異。

「我最近有點不舒服。」芬妮解釋。「威爾斯醫生建議我做一次懷孕替代。」

「可是，你才十九歲呀。不到二十一歲不用強制做懷孕替代呀！」

「我知道。但有些人的體質就得早一點服用。威爾斯醫生說，像我這種深棕髮又骨盆大的人，十七歲就應該開始做懷孕替代了。這麼算來，我是晚了兩年，而不是提早兩年服用這些藥。」芬妮打開置物櫃，指向上層架子成排的盒子和貼著標籤的小藥瓶。

「黃體素糖漿。」列寧娜讀出標籤上的藥名。「卵巢素，鮮度已確認：請於福特紀元六三二年八月一日前服用。乳腺萃取物：一日三次，餐前配少量水一同服用。胎盤素：每三天靜脈注射一次五西西……哎呀！」列寧娜一陣發抖。「我討厭靜脈注射！你也不喜歡吧？」

「我是不喜歡，但為了自己好……」芬妮是個明事理的女孩。

吾主福特，又稱吾主佛洛伊德[3]，此稱謂由來不明，但當吾主福特論及心理現象時，都會以佛洛伊德自稱。總之，首先揭露家庭生活危險的，正是吾主佛洛伊德。那時的世界裡，父親，隨處可見，悲劇也因此隨處可見；母親，俯拾即是，性虐待或禁欲等各種變態行為也因此到處都有。那個世界裡，還充斥著兄弟姊妹伯叔姑嬸，瘋狂與自戕自然也大行其道。

「不過，在新幾內亞外海的一些小島上，住著薩摩亞野人……」

在那裡，赤道的陽光暖如蜜，隨意流灑在朱槿花叢下打滾的赤裸孩子身上。家，對他們來說，不過是二十間棕櫚葉小茅屋中的一間。在特羅布里恩群島上，後代是先靈賜予，沒人有父親。

「兩極終會相遇。」管理者說：「天差地遠的兩個世界，注定會相逢。」

「威爾斯醫生說，只要做三個月懷孕替代，就可以確保我未來三、四年的身體狀況。」

---

3 這個世界的人，將福特（Ford）與佛洛伊德（Freud）視為同一人。兩字發音有些類似。

「好吧，希望他說得準。」列寧娜說：「話說回來，芬妮，這不就表示接下來這三個月你不能……」

「喔，沒啦。只要忍一兩個禮拜就可以了。我應該整晚都會待在俱樂部裡面玩音樂橋牌吧。你呢，我猜你今晚有約？」

列寧娜點了點頭。

「跟誰？」

「亨利·佛斯特。」

「又是他？」芬妮因為擔心和反對而面露驚訝，跟她月兒般的臉龐極不相稱。「你該不會要告訴我，你**還**跟亨利·佛斯特**有往來**吧？」

父親、母親、手足以外，在那個世界裡，還有夫妻愛侶，還有一夫一妻制和浪漫愛情。

「我剛說的東西，你們大概都不知道是什麼吧。」穆斯塔法·蒙德說。

學生全都搖著頭。

家庭、婚姻、愛情，都是一種專屬關係。不論身在何處，人與人都互為專屬，所有的欲望精力都受限於這狹隘的關係中。

「凡人皆屬於他人。」他引用睡眠學習中習得的名言。

學生都用力點了點頭，非常認同這句在黑暗睡夢中重複六萬兩千次，默默刻進他們心裡的話。此言不僅為真，更是至明哲理，無須驗證，無須質疑。

「不管怎樣，」列寧娜反駁：「我跟亨利在一起也不過才四個月。」

「**才四個月**！說得真好。那其他人呢？」芬妮指著她，帶點逼供的意味，「這四個月，除了亨利你還跟誰來往過嗎？有嗎？」

列寧娜雖一臉羞紅，但眼神和聲音仍不願屈服，「沒有，我沒跟別人來往。為什麼一定要跟別人來往，我實在想不出有什麼理由。」她理不直氣壯地說著。

「哇，這位小姐想不出有什麼理由要跟別人來往！」芬妮刻意重述她的話，彷彿列寧娜身後還站了另一個聽眾。芬妮態度一軟，對她說：「說真的，你要小心一點。一直跟同一個男人出去不是好事。如果你今天三、四十歲，也許還沒那麼糟。但像你這麼年輕的女生，列寧娜，這樣真的不行！主任他多討厭長期親密的關係，你也不是不知道。要是他知道你這四個月都只跟亨利・佛斯特出去，一定會氣炸的……」

「請想像一條水管，灌滿了水。」學生們跟著想像。「如果我在上面戳一個洞，」管理者說：「噴出的水柱會有多強！」

如果戳了二十個洞呢，就只會有二十個小噴泉。

「寶貝！我的寶貝！」

「媽媽！」瘋狂必然蔓延擴散。

「我的愛，我的唯一，我的寶貝……」

母親、婚姻、愛情，只有單一出口的愛欲之中，情感的激流撞擊出四溢的水花。我的愛、我的寶貝。也莫怪以前的人過著令人發狂的苦痛悲慘生活。在那個世界中，人過不了隨心所欲的日子，生活中豈還會有理智、良善、幸福？那個世界裡，有親情、有愛情、有未經制約訓練卻強加於人的道德束縛，外有誘惑、內有自責；還有病痛種種、孤寂無盡；更有無法掌控的未知與貧窮，那樣一個世界，人必然情緒滿溢。而人一旦情緒滿溢（尤其是孤單絕望時），又怎能理智穩定呢？

「又不是說你不能跟他來往。只要偶爾跟別人出去就好。他也跟別的女孩來往不是嗎？」

列寧娜點了點頭。

「對嘛！你要知道亨利．佛斯特這人是個真正的紳士，他不可能犯這種錯。更何況，還得顧慮主任的想法，你也知道他那個人很守規矩……」

列寧娜又點了點頭，「他今天下午是拍了我的屁股沒錯。」

「沒錯吧！就跟你說了！」芬妮得意洋洋地接著說：「從這裡就看得出他的為人，標標準準循規蹈矩的。」

「穩定，」管理者說道：「要穩定。文明發展繫於社會穩定。社會穩定則繫於個人身心穩定。」他的聲音如同號角響亮，學生聽在耳裡，霎時自覺多了點不凡，也多了點激昂。

社會機器周而復始，不停運轉。一旦停止，就意味著死亡滅絕。地球表面上有十億人口，這機器一運轉，一百五十年內就多了十億人口。但機器一停，一百五十週內就又回到十億人口：有一千乘一千乘一千個男男女女會活活餓死。

機器必須穩穩當當運轉下去，不可能不靠人打理。一定要有人，像安在軸上的輪子那樣穩當可靠，由這些生性理智、順從、熱愛穩定的人來看管這機器。

喊著我的寶貝、我的母親、我的至愛的人；哀嘆著我的罪愆、我的上帝的人；還有疼痛就哭叫、發燒就抱怨、年老力衰身無分文就慟哭的人，這種人要怎麼負責看管社會機器？他們如果無力看管……那麼一千乘一千乘一千具屍體，不管用埋的還是用燒的，都不好處理。

「總之，」芬妮半哄半勸地說：「除了亨利之外，多找幾個對象，不麻煩也不失禮。所以呀，你應該多雜交才對……」

「穩定，」管理者繼續說著：「要穩定。這就是人至高無上的需求。有了穩定，才有了這一切。」

管理者伸出手，指向眼前的數座花園、制約中心的大樓，以及那些一絲不掛的小孩，有的在樹叢中遊戲、有的在草地上奔跑。

列寧娜搖搖頭，若有所思說：「不知道為什麼，我最近不大想雜交。可能有時候就是沒有那種欲望吧。難道芬妮你不會嗎？」

芬妮點了幾下頭，帶點同情與理解，接著又說教起來：「無論如何，你總得想辦法試試。這個局，沒有人能置身事外。凡人皆屬於他人啊。」

「是呀，凡人皆屬他人。」列寧娜緩緩地跟著複誦了一遍，嘆了口氣，不發一語，過了好一會兒才牽起芬妮的手，輕捏了一下，說：「你說的沒錯。我會跟往常一樣，想辦法試試。」

衝動一受壓抑就會蔓延四溢，匯成洪流。流水激起的是情、是欲、還是癲，則端看水勢與堤防的角力。然而，不受抑制的水流才能緩緩流向指定的渠道，涓涓流向安穩的人生。（胚胎生來就是止不住的餓，於是不分白天黑夜，人造血幫浦總以每分鐘八百轉的速度不停供應養分。脫了瓶的嬰兒一哭，護士就立刻拿一瓶體外分泌乳餵食。情緒潛藏在欲望消長之間，所以必須縮短等待的時間，盡快滿足欲望，以擊潰那些老舊無用的防線。）

「你們很好命！」管理者說：「要知道，前人費盡多少苦心，你們活著才能不受任何情緒擺弄。」

「福特安坐於車，」主任喃喃背誦起：「世事安穩無波折。」

「列寧娜．克勞恩？」亨利．佛斯特重複了一遍副主任的問題，同時拉起長褲的拉鍊。「哦！她挺不錯的。非常氣感[4]。你居然還沒跟她上過床？真不敢相信！」

---

4 原文所用之字為pneumatic，本指「充氣的、氣動的」。赫胥黎以此字表示女子身材（尤其是胸部）豐滿、有曲線。氣感一詞沿用舊譯。

「我也不知道怎麼還沒跟她睡過。」副主任說：「但一有機會，我一定會想吃掉她啊。」

更衣間走廊另一頭，柏納．馬克斯無意中聽到他們的談話內容，隨即一臉慘白。

「老實說，每天只跟亨利出去，我也覺得有點膩了。」列寧娜套上左邊的襪子，故作輕鬆地問：「你認得柏納．馬克斯嗎？」

芬妮瞪大了眼說：「你不會是要告訴我……？」

「有何不可？他可是艾爾發正族。再說了，上次他邀我一起去蠻族保留區玩，我老早就想去看看了。」

「但人家不是都說他……？」

「我才不管人家說他什麼！」

「我聽人家說他不打障礙高爾夫。」

「人家說、人家說……」列寧娜嘲弄著。

「而且他常常自己一個人，獨處耶！」芬妮語帶驚恐。

「這好辦，只要我跟他一起，他就不是獨處啦。話說回來，大家幹嘛對他這麼壞？我覺得他人滿好的。」列寧娜想著想著就笑了。想想他上次害羞成那樣，驚弓之鳥一樣，好像她是世界管理者、而他是區區伽瑪負族照料機械的。

「請回想看看，」穆斯塔法・蒙德說：「你的人生遇過無法解決的困難嗎？」

學生的回答是一片靜默。

「你們有誰曾經心裡有欲望卻被迫間隔很久才得到滿足？」

「呃……」有個男孩開了口，卻又猶豫要不要說下去。

「快說吧！」主任道：「別讓管理者閣下等著。」

「之前，我一直想跟一個女孩上床，我等了將近四個禮拜她才點頭。」

「結果有什麼比較強烈的感受嗎？」

「太可怕了！」

「沒錯，正是可怕。」管理者說：「這都怪你我的祖先愚昧短視，最早的改革者崛起時，曾經打算將恐懼永遠從人身上抹去，但他們完全不願意。」

「說得好像她是一塊肉一樣。」柏納咬牙切齒，「不是說跟她睡、就是說要嚐嚐她的滋味，以為她是一塊羊肉嗎。竟然這樣貶低她，把她當作一塊肉……她跟我說她會考慮看看，還說這禮拜要給我答覆。福特呀！福特！」柏納真想立刻上前狂毆這兩人的臉，一遍一遍用力死命的打。

「真的，我大力推薦你一定要試試她。」亨利．佛斯特還在說。

「就拿體外瓶生這件事來說好了。普菲茨納和川口早就研究出整套技術了，但哪個國家敢試？連看都沒人敢看。因為當時還有所謂的基督教，女人就只能懷胎產子。」

「但他長得難看死了。」芬妮說。

「我覺得他挺好看的。」

「又那麼矮。」芬妮做了個鬼臉。五短身材太噁心了，那可是典型下等人的特徵。

「我倒覺得那樣很可愛，」列寧娜說：「讓人想要呵護他，像隻小貓咪一樣。」

芬妮簡直不敢置信，連忙說：「我聽人家說，他還沒脫瓶的時候，有人弄錯，誤以為他是伽瑪族，在他的人造血裡頭摻了酒精，所以他才長不高。」

「胡說八道！」列寧娜義憤填膺地反駁。

「起初在英國，不允許從事睡眠教學。當時還有所謂自由主義。還有國會，你們大概不知道那是什麼，總之國會立法禁止睡眠教學。當時的檔案留存至今。一場又一場的演說主張不得妨礙國民的自由。但自由為何物？不過是讓生活沒有效率又慘兮兮罷了。自由就是想讓圓釘子釘在方洞裡，毫無道理。」

「兄弟呀，你就約她，別客氣。我跟你說真的，不要客氣。」亨利・佛斯特拍著副主任的肩膀。「反正凡人皆屬他人呀！」

這句話每週有三個晚上重播一百次，大家就這樣聽了四年。身為睡眠學習專家，柏納・馬克斯心想，一句話不過聽了六萬兩千四百次，就成了大家奉為圭臬的真理。真是一群白癡！

「階級制度也是。提出了許多次，每次都被否決。因為那時候有民主制度。說得好像人除了生理構造平等之外，其他面向也都平等。」

「我想，我應該會接受他的邀約。」

柏納真討厭他們倆，簡直恨死了。但他們又高又壯，一對二打不過。

「福特紀元一四一年，九年戰爭開始了。」

「萬一他血裡摻著酒精的傳聞是真的，你也會去？」

「光氣、氯化苦、碘乙酸乙酯、二苯氰砷、雙光氣、芥子毒氣，還有氫氰酸[5]。」

「我根本不信那種話。」列寧娜說。

「一萬四千台飛機呈散開隊形前進，噪音劃過天際。但在柏林選帝侯大街和巴黎第八區投下的炭疽彈，那爆炸聲就跟紙袋被拍破差不多。」

「況且，我真的很想去蠻族保留區看看。」

5 以上都是第一次世界大戰時所用的化學毒氣。

$CH_3C_6H_2(NO_2)+Hg(CNO)_2$[6]等於什麼？地面炸出的大洞，倒塌的磚石，一團模糊的血肉，一隻還穿著靴子的腳劃過空中，啪的一聲落在血色天竺葵上。那年夏天就是這麼壯觀震撼！

「你沒救了，列寧娜。算了，我不管你了。」

「俄國人呢，他們汙染水源的手段更是高明。」

背對著背，芬妮和列寧娜不發一語，兀自更衣。

「九年戰爭、世界經濟大蕭條……人們要在世界極權統治和世界毀滅之間選擇，在穩定和……」

---

6 前者是黃色炸藥ＴＮＴ的化學式，後者則是雷酸汞，用以引爆炸藥的材料。

「芬妮・克勞恩這女孩也很不錯。」副主任說道。

育嬰室裡，基礎的階級意識課剛剛結束，正在教育孩子如何讓未來的需求配合未來的工業供給。「我好喜歡搭飛機！」教學語音不斷輕聲唸著：「我好喜歡搭飛機，我好喜歡新衣服，我好喜歡……」

「自由主義，當然隨著炭疽攻擊而終結了。不過，很多事情還是不能隨便勉力強行。」

「她是沒列寧娜那麼氣感啦！坦白說，是差多了。」

「穿舊衣服，多麼鄙俗！」教學語音孜孜不倦地說著：「舊的就該丟。縫縫補補不如全部換新、縫縫補補不如全部換新、縫縫補補不如……」

「所謂政府，靠的不是武力，而是靠集思廣益。統治人民就是這樣，得找來很多人坐在一起想辦法，動不動就要動拳頭是沒用的。比如說，政府曾規定人民有消費的義務。」

「我換好衣服了。」列寧娜說，但芬妮沒回話，也不看她。「親愛的芬妮，我們和好吧，好不好？」

「不論大人小孩、男人女人，政府規定每個人都必須大量消費。這當然是基於刺激工業生產的考量，但結果是……」

「縫縫補補不如全部換新。愈補愈窮，愈買愈富……」

「再這樣下去，」芬妮灰心地說：「總有一天你會惹禍上身。」

「結果群情激憤，反對聲浪四起。大家反而什麼也不買，想要回歸自然。」

「我好喜歡搭飛機。我好喜歡搭飛機。」

「還要回歸精神生活。沒錯，回歸精神生活。如果你花時間靜靜坐著閱讀，自然不會想東買西買。」

「我看起來怎麼樣？」列寧娜問。她穿著酒瓶綠的醋酸纖維夾克，領口、袖口都滾上綠色人造毛。

「在郭德格林，八百名擁護簡單生活的實踐者慘死於機關槍下。」

「縫縫補補不如全部換新。縫縫補補不如全部換新。」

下身穿著綠色燈心絨短褲，白色人造羊毛襪反摺至膝蓋下緣。

「接著就是眾所皆知的大英博物館大屠殺。兩千名愛好文化人士全死在芥子毒氣之下。」

頭上戴著綠白相間的騎士帽，讓列寧娜一雙眼睛更顯深邃。腳上的鞋是翠綠色，擦得晶亮。

「最後，」穆斯塔法．蒙德說道：「管理者終於明白，單憑高壓統治是沒用的。體外瓶生、新帕夫洛夫制約和睡眠學習這些方法雖然慢，但是有效多了。」

腰間繫著一條綠色鑲銀的摩洛哥仿皮子彈腰帶，按規定裝滿了一支支避孕劑（列寧娜並非不孕女）。

「後來普菲茨納和川口的發明終於派上用場。開始大力宣揚反對胎生繁殖。」

「太漂亮了！」芬妮由衷大讚。她總是抵抗不了列寧娜的魅力。「這條馬爾薩斯腰帶真是好看！」

「接踵而來的是對過去歷史的反動，博物館一一關門，歷史紀念碑一座接一座炸毀（所幸多數紀念碑早在九年戰爭期間遭到破壞），福特紀元一五〇年前的書籍全都列為禁書。」

「我也要買一條一樣的。」芬妮說。

「比如說，以前有種建築稱為金字塔。」

「我這條黑色漆皮的子彈腰帶舊了……」

「還有個人叫莎士比亞。當然這些人事物你們一定都沒聽過。」

「真丟臉呀，我還在用這舊腰帶。」

「這就是真正科學教育的好處。」

「愈補愈窮。愈補愈窮……」

「吾主福特第一台T型車上市的那天……」

「這腰帶我用了快三個月了。」

「被選為新紀元的開創日。」

「縫縫補補不如全部換新。」

「我剛說過了，以前有基督教。」

「縫縫補補不如全部換新。」

「節約消費的教條和理念……」

「我喜歡新衣服。我喜歡新衣服。我喜歡……」

「在產能不足的時代不可或缺。但在這個屬於機械和固氮技術的年代，節約消費絕對是不利社會的罪行。」

「這條是亨利．佛斯特送我的。」

「十字架都被砍了頭，改成T字架。以前還有所謂的上帝。」

「這是貨真價實的摩洛哥人造皮。」

「但我們現在有了世界國，還有福特日慶典、團歌合唱與團結儀式。」

「福特呀！我真討厭這兩個傢伙。」柏納．馬克斯心想。

「從前也有天堂這種概念，但人們還不都飲酒過量。」

「說得她像一塊肉一樣，像肉一樣。」

「從前有個概念叫做靈魂，還有個概念叫做永恆。」

「記得幫我問亨利他在哪裡買的。」

「但人們仍舊沉迷嗎啡和古柯鹼。」

「更糟的是，她也把自己當塊肉。」

「福特紀元一七八年，有兩千位藥理學家和生化學家獲得補助。」

「那傢伙看起來悶悶不樂的。」副主任指著柏納．馬克斯說。

「歷經六年研發，完美的藥物終於製造成功並且量產。」

「咱們去逗逗他吧。」

「帶來欣快、麻痺、宜人的幻覺。」

「唷，這不是鬱悶小子馬克斯嗎？」肩上一拍讓柏納嚇了一跳，抬起頭來才發現是亨利·佛斯特那畜生。「看來你得來一克甦麻。」

「甦麻，兼具基督教和酒精的優點，但一點也沒有它們的缺點。」

「福特呀！我真想殺了這傢伙！」心裡雖想，但他只說了：「不了，謝謝。」擋開了佛斯特伸手遞來的藥瓶。

「隨時吃一口，馬上能帶你遠離現實，醒來的時候既不會頭痛也不會有什麼偏差念頭。」

「你就吃吧！」亨利．佛斯特不打算打退堂鼓。「吃一口吧。」

「有了它，終於能實際地解決社會穩定的問題。」

「甦麻一西西，十種壞情緒死光光。」副主任用睡眠學習的金句來幫腔。

「剩下的唯一難題是克服老化。」

「去你的！去你的！」柏納．馬克斯叫囂。

「哎呀！」

「打生殖腺激素、換血、服用鎂鹽……」

「記住啊，一克甦麻勝過一句咒罵。」他倆邊說邊笑，走出更衣間。

「老化帶來的所有生理痕跡都消除了。當然，連帶消失的還有……」

「別忘了幫我問他馬爾薩斯腰帶在哪裡買的唷！」芬妮說道。

「連帶消失的還有老人的臭脾氣。於是人的個性終生都保持不變。」

「……我得趕快起飛了，天黑前還有兩場障礙高爾夫要打呢。」

「工作也好、休閒也好，六十歲的人不論體力、嗜好都跟十七歲時沒兩樣。在那糟糕的古代，老人只能退出社會活動、退休、把時間花在宗教信仰、閱讀和思考上——竟然花在思考上！」

「兩個智障！下流色鬼！」柏納．馬克斯自言自語，越過走廊朝電梯走去。

「而今呢，進步多了，年老了照常工作、照常有性生活，老人玩得一刻不得閒，忙得沒有時間坐下來思考。如果在玩樂之間，不慎鑽進一段空白時光，還有甦麻可以依靠。誘人的甦麻，吃半公克像放了半天假，吃一公克則像度了個週末，兩公克可以帶你到醉人的東方國度，三公克就能讓你在月球廣袤無垠的黑暗之中漂流，然後一轉眼，你已跨越空白時光，安全回到紮紮實實的日常工作與休閒活動，趕著看一部又一部的實感電影，跟一個又一個氣感的女孩上床，打一場又一場的障礙高爾夫……」

「小妹妹，一邊去！」主任怒聲斥責。「小弟弟你也是，不要待在這！你看不出來管理者大人正忙著嗎？找別的地方玩你們的性遊戲去。」

「好了，別怪他們。」管理者說。

機器聲嗡嗡伴奏下，輸送帶以時速三十三公分的速率莊嚴而沉穩地緩緩向前。一片深紅之中彷彿有無數顆紅寶石在閃爍。

04

之一

電梯裡全是剛從艾爾發族更衣間出來的男人，列寧娜一踏進電梯，馬上招來許多微笑點頭、善意問候。列寧娜的男人緣一向不錯，幾乎和電梯裡的人都睡過。

他們這幾個人都還不錯，列寧娜打招呼時心裡想著。都挺迷人的！不過話說回來，要是喬治・愛德索的耳朵小一點就好了（說不定他在三百二十八公尺處被多滴了一滴副甲狀腺素）。轉過頭看見博尼多・胡佛，列寧娜忍不住想起他脫下衣服後，那一身毛髮實在太多了。

博尼多一身黑森林般的捲毛，想起這個，列寧娜的眼角泛起一絲哀愁。一轉身，這雙略帶憂愁的眼見到的是電梯角落裡一個瘦小身軀和憂慮臉龐，是柏納．馬克斯。

「柏納！」列寧娜走向他。「我正想找你呢。」電梯上升的機械聲襯得列寧娜的聲音更加清朗。其他人都好奇地轉過頭去。「我要跟你說去新墨西哥的事。」列寧娜從眼角餘光瞥見博尼多．胡佛張大了嘴，他那一臉驚疑讓她不大高興。「是因為我沒求他再約我，所以那種表情嗎？」她對自己說。於是她以最甜美的聲音，大聲對柏納說道：「我很樂意七月跟你一起去那邊玩一個禮拜。」（她正好藉此公開宣示她不是只有亨利一個男朋友。這樣芬妮應該滿意了吧，雖然她約的人是柏納。）「當然前提是，」列寧娜掛上最迷人的笑容，「你還想要我。」

柏納蒼白的臉瞬間火辣辣的。「他是怎麼了？」列寧娜有些不解，但又有些得意，這意味著他無力招架她的魅力。

「嗯……我們是不是找個地方再聊？」他吞吞吐吐，滿臉不自在。

「好像我說了什麼嚇人的事情一樣。」列寧娜心想。「我想要是我開了什麼不堪入耳的玩笑話，例如問他母親是誰，他頂多就現在這種表情吧。」

「我的意思是，電梯裡人多……」他呼吸紊亂，完全不知所措。

列寧娜笑了，是一種坦然、沒任何嘲弄意味的笑。「你這個人很妙耶！」她說。她倒真心覺得他這人挺有趣。「好啦，至少要提早一週告訴我什麼時候出發，可以吧？」她又換了聲調說：「我們搭的應該是藍太平洋火箭吧？從查令T塔出發嗎？還是從漢普斯代出發？」

柏納還來不及回答，電梯就停了。

「屋頂到了！」一道尖細的聲音說。

開電梯的傢伙活像隻猴子，身上穿著代表愛普西隆負族那些笨蛋的黑色上衣。

「屋頂到了！」

他打開電梯門，傍晚夕照煦煦，嚇了他一跳，眨了眨眼說：「喔，屋頂到了！」聲音裡有一種著迷，如同自黑暗冥濛之中乍醒的歡愉。「屋頂到了！」

仰望著電梯乘客的臉，他嘴角湧出笑容，崇敬的笑，像一隻狗那樣。這些人有說有笑步出電梯。電梯工望著他們的背影。

「屋頂，到了？」他語帶懷疑，又複述了一次。

接著傳來一聲鈴響，電梯天花板上的擴音喇叭開始發號施令，聲音聽來雖輕柔，命令的力道卻十足。

「下樓！」喇叭傳來：「下樓。到十八樓。下樓！下樓！到十八樓。下樓……」

電梯工拉過電梯門，用力一關，撳了按鈕，隨即回到電梯井中的重重黑暗，回到他熟悉的冥濛。

屋頂上是一片溫暖明亮。夏日午後穿插著直升機來來往往的引擎聲，嗚嗡嗚嗡，令人發睏。離頭頂五六英里遠的天空中傳來火箭飛機加速的聲響，雖不見形影，卻以低沉的聲響撩撥著軟綿綿的空氣。柏納．馬克斯深深吸了口氣，他望著天空，望向湛藍的天際，最後才看向列寧娜的臉。

「很美吧！」他聲音微微顫抖。

她以笑顏回應，贊同地說道：「很適合打障礙高爾夫賽呢。」她顯得歡欣鼓舞。「喔，柏納，我得走了。我要是慢了，亨利肯定會抓狂。日期確定後就趕快告訴我唷！」她揮了揮手，迅速穿過平坦寬闊的屋頂，朝停機棚跑去。柏納看著那雙齊膝白襪一路走遠，一對飽曬日光的膝蓋不停曲伸向前，那件合身的綠色燈心絨短褲在酒瓶綠夾克下方輕柔地擺呀擺的。柏納糾著一張臉。

「不得不說，她真的很美。」柏納身後傳來一個洪亮雀躍的聲音。

柏納吃了一驚，回過頭。博尼多．胡佛紅潤的圓臉正俯視著他，掛著誠懇的笑容。博尼多性情好是出了名的。人家常說他不碰甦麻大概也能安穩過完一輩子。怨恨也好、怒氣也好，這些讓人不得不靠甦麻逃離現實的情緒，他似乎都不曾有過。博尼多的世界裡，日日天晴無雨。

「也很氣感。」接著博尼多的語氣一變，「但我說你呀，怎麼看起來那麼鬱悶。你該吃點甦麻了。」他立刻往右邊口袋一撈，掏出個小藥瓶，說：「甦麻一西西，十種壞情緒死光光……是吧！」

柏納卻頭也不回，轉身就走。

博尼多看著柏納的背影，說：「這傢伙怎麼啦？」他百思不解，只是搖搖頭，暗想這可憐人的血裡混了酒精的傳聞應該是真的，「腦袋才這麼不正常，我想一定是這樣。」

博尼多將甦麻藥瓶放回口袋，拿出一包性荷爾蒙口香糖，往嘴裡塞了一片，就緩步走去停機棚，邊走邊吃。

列寧娜到的時候，亨利．佛斯特的直升機已經推出機棚，人也坐在駕駛艙等了。

「你遲到四分鐘。」列寧娜爬上副駕駛座後，亨利只說了這句話。他一發動引擎，螺旋槳就趴啦趴啦地轉了起來。直升機垂直飛上天，亨利加速再加速，螺旋槳的嗡嗡聲從大黃蜂轉為胡蜂，又轉成蚊子的細吟。速度計顯示他們正以每分鐘兩公里全速前進。倫敦消失在他們腳下。沒幾分鐘，一座座平頂高樓看起來就像公園或花園裡一叢叢方形蘑菇。有一株伸著特別細長的菌柄，獨立在蘑菇叢間，那是查令T塔，以光亮的水泥平頂迎著天空。

雲朵高掛在他倆上方的藍天中，一朵朵飽滿得像運動員健壯的身軀。忽然自一朵雲鑽出一隻猩紅色昆蟲，嗡嗡作響，準備降落。

「那是紅火箭。」亨利說：「從紐約飛來的。」亨利看了看錶，搖搖頭說：「竟然晚七分鐘到。大西洋航班不準時是出了名的，果真沒錯。」

他放開加速器踏板，旋翼葉片的嗡嗡聲一路降低了八度半，從胡蜂降回大黃蜂，又變成熊蜂、金龜子、鍬形蟲的擊翅聲。上升動力減弱後，直升機在空中懸停了好一會兒。亨利推下控制桿，喀啦一聲，螺旋槳緩緩動了起來，愈轉愈快、愈轉愈快，直到眼前一切混成了一團迷濛的漩渦。懸停時，水平氣流呼呼嘯嘯，聲勢更大。亨利緊緊盯著轉速表，指針一到一千兩百，他立刻關掉螺旋槳，讓直升機靠旋翼飛行。

列寧娜俯瞰腳下透明地板外的世界，他們正飛越一片六公里寬的綠地，綠地夾在倫敦市中心與第一圈衛星市鎮之間。這一大片綠地上爬滿蛆一般的低等生物。樹林間，離心力球塔閃耀奪目。牧羊人灌木叢那一帶，兩千對貝塔負族男女正在玩黎曼曲面網球混合雙打。從諾丁丘到威爾斯登的主要幹道旁，有兩排電扶梯壁球場。在伊靈體育館裡，戴爾它族正在進行體育表演和團歌合唱。

「卡其色看起來真噁心。」列寧娜隨口說出了睡眠學習傳授的階級偏見。

豪恩斯洛實感電影廠占地七點五公頃，一座座大樓坐落其上。附近有一群身穿黑衣和卡其衣的勞工正忙著在西方大道上重新鋪設玻璃路面。當他們飛過時，巨型移動式坩堝陸陸續續運來，而熔漿正自一個坩堝汩汩洩出，一片白熾流過整個路面，石綿滾軸來來回回，降溫水車後方則浮出蒸氣雲一朵朵。

賓福特那裡，電視公司的片廠大如一個小鎮。

「應該是換班時間到了。」列寧娜說。

穿著葉綠色衣服的伽瑪族女性跟一身黑衣的愛普西隆族半智障，好似蚜蟲螞蟻大軍，湧出片廠大門，排隊等著搭單軌電車。跟在其後的是穿著桑椹色衣服的貝塔負族。大樓樓頂也人聲鼎沸，直升機起起降降。

「我的福特呀！我真慶幸自己不是伽瑪族。」列寧娜說。

十分鐘後，他們抵達史托克．波吉村，打起第一場障礙高爾夫賽。

之二

柏納急急忙忙穿越樓頂，一路幾乎都盯著地板，即使不小心與別人目光交會，也會立刻轉開，躲躲藏藏的，活像有誰在追捕他一樣。他躲著那些不願面對的人，好像躲避敵人，深怕視線交會後發現他們眼中的敵意比他自己預期的更深，然後他會因此更自慚形穢，孤單無助。

「博尼多．胡佛這傢伙真可惡！」他是一片好意沒錯，但只讓柏納感覺更糟。本著一片善意和打歪主意的人，所作所為實際上沒兩樣，都是要左右別人。就連列寧娜也讓他苦惱不已。他想起幾個禮拜以來自己多麼怯懦猶豫，想著望著，就是沒有勇氣開口邀她出去。要是她不當他一回事，拒絕他，他能受得了嗎？可是如果她說好，自己會有多高興呀！如今，她真的說好了，他心裡竟然還是那樣痛苦，她居然說今天的天氣適合打障礙高爾夫！她趕赴與亨利．佛斯特的約會居然那樣雀躍！還有，他不願在那麼多人面前談他倆的私事，她居然只把他當作害羞可愛。總之，她令他痛苦的真正原因在於，她舉手投足無一不像健康善良的尋常英式女人，沒有半點奇怪異常。

他開了機棚的鎖，吆喝旁邊那兩個閒著沒事的戴爾它負族服務員，要他們替他把直升機推出去。這整個停機棚的員工都出自同一個波康諾夫斯基群體，全是同卵孿生子，個頭矮小、黑皮膚、長相醜。柏納下令，語氣苛刻傲慢，一種對自己優越地位沒安全感的人總會用的口氣。跟下階層人打交道，總讓柏納萬分痛苦。不論原因為何（他身上人造血摻了酒精的傳聞一直沒停過，且很可能是真的——畢竟人生總有意外），跟一般的伽瑪族相比，柏納的體格的確遜色。他也比艾爾發族的平均身高矮了八公分，身材偏瘦。跟低等人打交道，每每令他想起自己體格的缺陷。「我生來如此，卻又不甘如此。」這種自我意識總是帶來尖銳的焦慮。每當他發覺自己命令戴爾它族人時是平視而非俯視對方，他就羞愧萬分。這些低等人會按照他的位階來尊敬對待他嗎？這問題糾纏不休。但他的擔憂不是沒有道理。不管是伽瑪、戴爾它或愛普西隆族，都受過制約，認為社會位階和人的體格成正比。高大為美，這偏見不分社會階層，早已在睡眠學習時埋下。於是，他追求的女人嘲笑他，同階級的男人作弄他。種種蔑視恥笑，總讓他覺得自己是異類，老被隔絕在外。心裡覺得自己是異類，行為舉止就跟著也像異類，連帶大家對他的偏見就更深，因而他體格上的缺陷也就更讓人瞧不起、更令人厭嫌了，於是他更覺孤單寂寞。長年來怕被人看輕，導致他乾脆避開同儕，面對下屬時又刻意擺出高高在上的姿態。他多嫉妒亨利．佛斯特和博尼多．胡佛這種人啊！他們從不必開口大吼要愛普西隆族人乖乖聽命行事；他們也從不曾質疑自己的身分地位；他們這種人，在社會階級制度約束下仍能夠如魚得水，優游自得，而那種自在，讓人忘卻自我，將生命中的種種好事視為理所當然。

他覺得那幾個孿生服務員懶洋洋地推他的飛機，心不甘情不願的。

「動作快！」柏納不耐煩地命令。有個服務員瞄了他一眼。那傢伙空洞無神的灰眼珠裡透露的是不屑嗎？「給我快一點！」他吼得更用力，聲音粗魯刺耳。

爬進飛機一分鐘左右，他已經起飛，朝南方的河邊飛去。

各個宣傳局處，以及情緒工程學院，都設在艦隊街上一棟六十層高的大樓裡。地下室與低樓層是倫敦三大報的印刷廠和辦公室——上層階級看的《時刻廣播報》；淺綠色的《伽瑪公報》；印在卡其色紙上、只用單音節字彙的《戴爾它鏡報》。樓上則分別是電視宣傳局、實感影片宣傳局、合成音效與音樂宣傳局，一共占了二十二層。再上去則是實驗室和隔音室，供音軌作家跟合成音樂作曲家使用，以譜寫動人作品。大樓最上面屬於情緒工程學院，有十八層。

柏納在屋頂停妥飛機，走了出來。

「打電話給赫姆霍茲．華生先生，」他命令一個伽瑪正族門房：「告訴他，柏納．馬克斯先生在屋頂等他。」

他坐下，點了支菸。

電話來的時候，赫姆霍茲．華生正在寫作。

「跟他說我馬上來。」他說完就掛了話筒，轉過身用同樣公事公辦的聲音交代祕書：「桌上的東西替我收拾一下。」絲毫不理會祕書臉上的燦笑，自顧自起身快步離開。

赫姆霍茲．華生體格健壯，胸膛厚、肩膀闊，十分魁梧，走起路來卻輕盈敏捷。渾圓粗壯的脖子撐起那顆形狀完美的頭顱。髮黑而捲，五官突出。他的俊美是一種過於醒目的存在，祕書總不厭其煩地稱讚他渾身上下是不折不扣的艾爾發正族。他是情緒工程學院寫作系的講師，教課之餘還擔任情緒工程師。他常替《時刻廣播報》寫文章，也撰寫實感電影劇本，最拿手強項是宣傳口號和帶韻的睡眠學習口號。

「有才幹」是上司對他種種優異表現的結論。「但也許，」（大家總搖搖頭，刻意輕聲說，）「就是太能幹了一點。」

是呀，太能幹了，說的沒錯。心智卓越對赫姆霍茲．華生的影響，幾乎與體格缺陷帶給柏納．馬克斯的影響無異。柏納因不夠高壯而被視為異類。但他卻因為比一般人聰明太多，而疏離感更強烈。疏離，讓赫姆霍茲痛苦體認到自己與他人有多麼不同；太能幹了，所以總是自己一個人。清楚知道自己是孤立個體，是這兩個男人的共通點。不同的是，因為體格缺陷，柏納從小就清楚意識到自己被孤立，但赫姆霍茲是到最近才真正明白自己心智優於常人，也才意會到自己和身邊的人有隔閡。這位電扶梯壁球冠軍、永不言累的情場常勝軍（聽說他曾在四年內交過六百四十個女朋友）、令人尊敬的委員會成員和社交高手，突然發現運動、女人、社群活動都不是他最想要的。他知道，自己內心深處真正感興趣的不是這些東西。但到底是什麼？是什麼呢？這就是柏納曾來找他聊的問題。應該說，是柏納來聽他談的問題，畢竟，真正開口說話的人總是他。今天也是一樣。

他步出電梯，就有三個在合成音效宣傳局工作的女孩埋伏等候，個個迷人可愛。

「噯，赫姆霍茲帥哥，晚上我們要去艾克斯穆爾野餐，一起來嘛。」三個女人繞著他團團轉，一直拜託他。

他搖頭拒絕，推開她們，「不行，不行。」

「不會有其他男人來唷，我們只找了你。」

儘管這話聽來誘人，赫姆霍茲還是猛搖頭。「不行，」他重申：「我沒空。」他腳步堅定繼續往前走。但女孩們還是緊跟不放，直到他爬上柏納的飛機，用力甩上門，她們才不甘願地放棄，委屈抱怨著。

「這些女人！」飛機升空之後，他說。「這些女人！」他搖頭、皺著眉。柏納假裝贊同：「真讓人受不了啊。」但私底下他多希望能像赫姆霍茲一樣，毫不費力就有一票女人送上門。忽然，他心底有股衝動，想炫耀一下。「我要帶列寧娜．克勞恩去新墨西哥哦。」他故作輕鬆地說。

「是嗎？」赫姆霍茲絲毫不感興趣。他頓了一會兒才接著說：「這一兩個禮拜吧，我推掉了委員會的職務和身邊的女人。你無法想像學院那邊引起了多大騷動耳語。不過，我覺得那都值得。而後果……」他猶豫了一下，「嗯，後果很怪，真的很怪。」

身體上的缺陷可能造就心靈卓越。這推論反過來似乎也成立。心智卓越可能會導致離群索居，自甘於聞若未聞，見若未見，就連性欲之根也隨著節欲而偃旗不舉。

剩下的路程不長，兩人一片靜默。進到柏納家，兩人手腳舒舒服服在氣壓沙發上舒展開來，赫姆霍茲才又開了口。

他緩緩道：「不知道你有沒有過這種感覺？有時候，總覺得內心似乎有什麼潛伏著，默默靜候破繭而出的機會。或是……某種還沒使用過的特別能力，彷彿所有的水流準備順瀑布而下，而不是通過渦輪？」他看著柏納的眼神帶著疑惑。

「你是說，如果這個世界不是這樣，我們會有什麼感覺嗎？」

赫姆霍茲搖搖頭說：「也不盡然。我有時候就有這種奇怪的感覺，覺得心裡好似有什麼重要的話想說，也覺得自己有能力說出來，但我不知道心裡想說的究竟是什麼，也無法使用那種能力。要是有不同的寫作方式……或者有其他東西可寫……」赫姆霍茲沉默了好一陣，才又開口：「你知道，我這人最擅長的就是發明詞語。我寫出來的東西總令人驚奇，會讓你好像坐在大頭針上彈起來那樣。就算是睡眠教學的老生常談，只要出自我手，讀起來就是新鮮感十足又吸引人。但即使這樣，我還是覺得不夠。光寫出漂亮的句子還不夠好，寫作的目的也要好才行。」

「可是，赫姆霍茲，你寫的作品都很棒呀。」

「是啦，是還不錯。」赫姆霍茲聳聳肩，「可惜它們作用不多。我的作品根本不夠重要。我總覺得我可以幹些更有意義的事。沒錯，要寫點更強烈、更激烈的東西。但這東西到底是什麼？到底什麼話語更重要？當別人對你的文字已經帶有預期，如何寫得出乖戾之作？文字可以像X光一樣，只要妥善運用，可以穿透一切事物的肌理。你一閱讀，就被層層剖析。我一直都這麼教學生，教他們如何用筆穿透人心。但被介紹團歌或氣味風琴最新發展的文章穿透能有什麼好處？況且，你寫這些東西，能賦予文字最澄澈的穿透力嗎？就像最強的X光那樣？如果想寫的事物不存在，還能寫嗎？總之這些事情讓我很煩惱。我試了又試……」

「噓！」柏納突然出聲，舉起了手指警告，低聲說道：「好像有人在外面。」

赫姆霍茲立刻站起，踮著腳走到門邊，火速開了門。眼前，不出意料，空無一人。

「抱歉。」柏納說，一臉侷促，覺得自己很蠢。「我最近有些神經兮兮。身邊的人老對你起疑，你自然也會對他們有疑心。」

他以手輕掠過眼前，嘆了口氣，傷感地為自己辯白：「要是你知道我最近碰到哪些倒楣事就會明白。」他語帶哽咽，突然，自怨自艾的淚泉一觸即發，宣洩而下。「要是你能懂就好了！」

赫姆霍茲．華生不太自在地聽著。「可憐的柏納！」他對自己說。但同時，他也覺得柏納這個樣子實在不太體面，打心底希望這傢伙能夠稍微長點自尊。

05

之一

還沒八點，天就要暗了。史托克．波吉俱樂部屋塔上的擴音器揚起了略高於男高音似的嗓音，宣告球場要關門了。列寧娜和亨利兩人草草結束球局，步行回俱樂部。內外分泌物公司的牧場就在附近，幾千頭牛哞哞低鳴，牠們的荷爾蒙和牛奶將成為法爾漢皇家工廠的原料。

薄暮中，嗡嗡起降的直升機綴滿天空。每兩分半鐘便傳來鈴聲和汽笛的尖鳴，宣告一班輕便單軌電車要開出站了，上頭載了來打高爾夫球的下等人，把他們從專屬的球場送回市區去。

列寧娜和亨利上了直升機便起飛。亨利在八百呎高的地方減速，他們盤旋了一兩分鐘，俯瞰著逐漸沒入夜色的大地。柏恩罕山毛櫸森林彷彿黑色的潮水，一路朝西漫流，以日暮為岸。最後一道日光落下，遠方的天際由一片緋紅轉為一抹橘，又轉為黃，最後以幽青作結。朝北望，森林後面就是內外分泌物公司的二十層樓工廠，每扇窗都燈火通明。他們倆正下方則是高爾夫俱樂部，一邊是下等人的公用大球棚，一牆之隔則是艾爾發與貝塔族專用的個人小屋。單軌電車站入口一片黑壓壓，進進出出全是下等人。玻璃月台屋頂下，一輛單軌電車疾駛出去，朝東南飛奔，射過漆黑的平原，兩人的視線也隨之探去，一眼望到「司勞火化場」高聳雄偉的建築。基於夜間飛安考量，火化場的四根煙囪全都打上探照燈，頂端也加裝紅色示警燈，成了明顯的地標。

「煙囪四周那個有點像陽台的東西是要做什麼的？」列寧娜問。

「回收磷。」亨利的答案簡單扼要。「火化後，煙排出煙囪之前，會先經過四道處理。以往火化時，會直接將五氧化二磷排放至空氣中。現在，則能成功回收百分之九十八以上。每一具成人屍體可以回收超過一點五公斤的磷，這樣下來，單單英國一年就能製造四百噸磷肥。」亨利一臉欣喜自豪，打心底覺得這就是進步，彷彿功勞是他的一樣。「想到我們連死後也能對社會大眾有益，促進植物生長，真是不錯呀。」

列寧娜早已分了神，朝下看著單軌電車站。「對呀，真是不錯。」她附和道。「不過，我不懂，為什麼從艾爾發族和貝塔族燒出來的磷，竟然不比底下那些伽瑪、戴爾它或愛普西隆族的噁心傢伙身上的磷更能促進植物生長？」

「人在物理化學性質上生而平等。」亨利斷言道。「再說了，低下如愛普西隆，也對社會有用。」

「低下如愛普西隆……」這話突然讓列寧娜想起，她還是個小女孩的時候，有一晚半夜醒來，第一次發現每晚睡覺時糾纏不休的聲音從何而來。那晚，月光照入寢室，她看著身邊一張張白色小床，那輕綿絮語再度傳來（在許多夜裡反覆播送，不會忘記、也不可能忘記了）：「凡人皆有用，缺一不可。低下如愛普西隆，也對社會有用。凡人皆有用，缺一不可……」列寧娜想起，那時的她既驚訝又害怕，小腦袋瓜不斷思索，足足想了半個小時，但那些複誦的語調太催眠，漸漸撫平心中驚疑，好放鬆、讓人好放鬆，於是睡意趁隙爬上眼皮……

「我猜，愛普西隆族大概不會介意自己是愛普西隆族吧。」她突然提高音量說道。

「當然不會。怎麼會呢？他們沒嘗過生在其他階層的滋味，又怎麼會介意？換作是我們，就一定抱怨連連了。不過話說回來，我們接受的制約訓練本來就不一樣。而且我們身上的遺傳因子也不同呀。」

「我真慶幸自己不是愛普西隆族。」列寧娜下了論斷。

「如果你是愛普西隆族，」亨利說：「你還是會跟貝塔族或艾爾發族對自己出身一樣心懷感激。」亨利手一推，螺旋槳轉了起來，兩人朝倫敦筆直飛去。身後緋紅橙橘的夕照幾乎已經不見蹤影，一團黑雲攀上天頂。行經火化場時，直升機隨著煙囪噴出的熱氣急速攀升，遇到後頭的下沉冷空氣又立刻急墜。

「簡直就像坐雲霄飛車呢！」列寧娜被逗得開心大笑。

但亨利回話的語氣卻突然帶點憂傷。「你知道那一上一下意味著什麼嗎？」他問。「那代表有人已經徹底消失在這世界上了。就這樣隨著一陣熱氣衝上天。到底裡頭是男是女？是艾爾發族還是愛普西隆族，都不知道……」忽然他語氣一轉，說：「至少，可以知道的是，這些人活著的時候都非常快樂。現代社會，沒有人不快樂。」話中帶著堅定喜悅。

「對呀，現代社會，沒有人不快樂。」列寧娜附和道。有十二年的時間，每晚他們入夢鄉，這句話都會出現一百五十次。

亨利住的公寓在西敏市，一共四十層樓。他在屋頂降落停妥，他們倆下樓進了餐廳。餐廳人聲歡騰，好不熱鬧，晚餐也非常可口。甦麻隨飯後咖啡一起附上，列寧娜吃了兩顆半克的甦麻，亨利吃了三顆。九點二十分，兩人走到對街新開幕的西敏寺夜總會。夜空清朗無雲，不見月亮，星光燦燦，所幸列寧娜和亨利全然不覺這般景象掃興。西敏寺上，霓虹招牌有效遏止了寂寥的黑暗。「**凱文史托普和薩克斯風十六人幫**」幾個大字在新西敏寺的門面上閃爍撩撥。「**倫敦最活色生香的樂器**

表演，全新合成音樂曲目」。

兩人走了進去。龍涎香與檀木味使裡頭的空氣悶熱難受。色彩管風琴正一鍵一鍵在大廳的圓頂天花板上敲擊出熱帶夕陽的色彩。薩克斯風十六人幫則忙著演奏經典老歌《我的瓶子真可愛》。光潔舞池裡，四百對男男女女跳著快五步，列寧娜和亨利很快加入成了第四百零一對。薩克斯風悠揚慵懶，似發情的貓於月下嗚咽，樂音或低或高，彷彿情欲的最高浪潮來襲。和弦層次豐富，一層一層遞進，愈加響亮，朝著峰頂盤旋而上。終於，指揮一揚手，釋放了最後一個顫抖的天籟音符，十六個凡人樂手同歸寂靜。降A大調樂聲如雷。在空寂幽暗中，一顆漸弱音隨後浮出，以每次四分之一音階漸次下滑，隱沒成一絲模糊的主和弦（五四拍子的節奏仍持續未滅），在晦暗的片刻隱隱埋下勾人的企盼，引領，盼望。終於，樂音如願再度響起，奏出奪目綻放的日出，而十六位樂手同時引吭高歌：

我的瓶兒，是我唯一所望！
我的瓶呀，我怎會離開你？
瓶中藍天，
晴朗無邊；

世上，我誰都不要
只有你最可愛，
無人可比。

列寧娜和亨利雖在西敏寺與四百對男男女女一同起舞，但心卻在另一個世界，逃離現世的甦麻世界，那兒溫暖絢爛，無比美好。在那兒，人人都心地善良，個個生得好看，沒有一個不風趣幽默！「世上，我誰都不要，只有你最可愛，無人可比。」但列寧娜和亨利已經得到心中所想，此時此地，他們彷彿置身瓶中，晴朗無邊，終年藍天，安安穩穩的。十六人幫竭力演出，薩克斯風退場後，最新的馬爾薩斯藍調從合成樂器中緩緩流洩而出，列寧娜和亨利就像一對孿生胚胎，隨著瓶中人造血的浪潮一同搖曳輕盪。

「晚安，親愛的朋友們，該回家了！晚安，親愛的朋友們，該回家了！」擴音喇叭的命令是那樣親切和善、好聽文雅。

在場所有人都聽話照辦，列寧娜和亨利也不例外。不討喜的星點已經在夜空中移動了好些距離。頭上的霓虹招牌也黯淡了，這兩人依舊無視於夜的本色。

打烊前半小時，他們各自又吃了一劑甦麻，這第二劑足以築起一堵堅實的牆，將現實隔在他們的心靈之外。沉浸在瓶中世界，他們一起過了街，一起乘電梯上了亨利在二十八樓的家。即便沉浸在瓶中世界，即便吃了第二顆甦麻，規定該做的避孕措施，列寧娜一步也沒忘。這可是多年來密集睡眠學習的成果，十二歲開始到十七歲，每週都有三次馬爾薩斯節育訓練，訓練到避孕就跟眨眼一樣自然。

「喔，對了，」她說：「芬妮．克勞恩說，這條摩洛哥人造羊皮的子彈腰帶很好看，她要我問你在哪裡買的。」

之二

每隔一週的星期四是柏納參加團結儀式的日子。他早早在愛神俱樂部吃過晚餐（最近赫姆霍茲剛靠著第二規章被選為會員），之後上頂樓招了一台計程直升機，要司機送他到福特森團歌樓。直升機筆直上升幾百公尺後朝東飛去；一轉往東，映入柏納眼簾的是雄偉莊嚴的團歌樓。團歌樓高三百二十公尺，樓身的白色人造克拉拉大理石在探照燈映射下如雪光灼人，熠熠光芒照亮周邊山丘。夜色中，大樓停機坪的四個角落上各亮著一巨型深紅T字。二十四座巨型黃金喇叭轟隆隆播送莊嚴肅穆的合成音樂。

「慘了，我遲到了。」柏納瞥見團歌樓的「大福鐘」時喃喃自語。他才剛付完直升機錢，大福鐘便如預期響起，低沉厚實的聲音自黃金喇叭傳出：「福特、福特、福特、福特……」一共響了九次。柏納急忙搭上電梯。

團歌樓底層是福特日慶典與大型團歌用的大禮堂，樓上則是兩週一次的團結儀式的場地，每樓各有一百間活動室，總計七千間。柏納直下到三十三樓，快步穿過走廊，走到三二一〇室，站在門外猶豫了一會兒，替自己打打氣，才開門走進去。

感謝福特！幸好他不是最晚到的。環著圓桌的十二張椅子還空著三張。他不想引起注意，立刻在離身邊最近的空位坐下，一坐定就擺出個架子，準備隨時對晚到的另外兩個人皺皺眉佯裝不滿。

左手邊的女孩轉過頭問他：「今天下午你在玩什麼？是去打障礙高爾夫嗎？還是電磁高爾夫？」

柏納望著女孩（我的福特呀！竟然是摩兒迦納．羅斯契德！），一臉難為情坦承自己什麼球都沒去打。摩兒迦納吃驚瞪大了眼，說不出話來，只剩令人尷尬的沉默。

接著她斷然轉過頭去，跟她左邊那個愛運動的傢伙攀談。

「今天的團結儀式，一開始就這麼幸運呀。」柏納心想。他有些氣餒，看來今晚贖罪無望了。

真是的，他剛剛如果不要隨便找最近的位子坐下就好了！他可以去坐在菲菲．柏拉德福和喬安娜．迪索中間呀。有這麼好的位子不選，他竟然不長眼把自己塞在摩兒迦納旁邊。摩兒迦納耶！福特呀！想到她那兩道眉毛，不，是她那一條眉毛，因為那兩條弧線已經在眉心連成一線！福特呀！而且，他右手邊坐著的竟然是克拉拉．迪特汀。是啦，至少克拉拉的眉毛不是一字眉。但她實在太氣感了。如果坐在菲菲跟喬安娜中間就完全沒問題了。金髮、身材好又不會太過雄偉。結果竟然是湯姆．川口那呆子坐在她們倆中間。

最後姍姍來遲的是沙拉金尼．恩格斯。

「你遲到了！」負責帶領團結儀式的主席厲聲責備。「以後不准再遲到了。」

沙拉金尼頻頻道歉，趕忙在吉姆．波康諾夫斯基跟赫柏特．巴庫寧之間的空位坐下。終於全員到齊，團結之圓完美無缺了。成員環著桌，男女交錯而坐。十二人準備要合為一體，在崇高的群體中不分彼此，結合、交融。

主席站起身，手在胸前畫了個T字，打開合成音樂播放器，一段簡單旋律湧出。永不頹敗的陣陣鼓聲和樂器合奏（類管樂配上極佳弦樂），一而再、再而三自播放器傳來，深沉糾結，宛轉縈繞，是第一號團結頌。節奏反覆敲擊的不是聽者的耳朵，而是身軀。來回盤旋的器樂聲撩撥的不是心靈，而是下腹部蠢蠢欲迎的騷動。

主席又在胸前比劃了個T字，接著坐下。儀式正式開始，圓桌中心放著甦麻。每人輪流接過盛著草莓冰淇淋甦麻的雙耳杯，口中唸道：「為自我毀滅而喝。」然後各飲一大口。接下來，和著合成樂聲，大家一同唱起第一號團結頌。

福特在上，十二子民，欲合而一。
若涓涓細流，入群體之河。
啊，庇佑我們攜手並進，風馳電掣，閃耀福特。

唱了十二個詩節後，眾人再次傳遞雙耳杯，這次口中唸的是：「為大我而喝。」每個人又各飲一口。音樂無止無休，不見頹勢。鼓聲咚咚，和弦歘歘，誘動腑腸。眾人唱起第二號團結頌：

降臨吧！大我，社會之友
十二化滅，融合為一！
我願死去，唯死
群的生命才開始。

大家又唱了十二個詩節，此時，甦麻起了作用。人人眼神發亮，面色紅潤，內心感受的崇高美善綻放成每張臉上的溫暖燦笑。就連柏納都覺得自己多少受到感召。摩兒迦納轉過頭來對他笑，他也試著以微笑回敬。但可惜，那條眉毛，那條濃黑連成一線的眉毛還在，他真的沒辦法當作沒看到，真的，就算盡了全力也辦不到。看來感召的力道還是不夠。要是他能坐在菲菲和喬安娜中間就好了……雙耳杯第三度傳遞。「為他的降臨而喝。」摩兒迦納說。這次正好輪到她帶領大家傳杯，她語氣激昂，充滿狂喜。喝完後，她將雙耳杯遞給柏納。「為他的降臨而喝。」柏納複誦，心中真心期待能夠感受到那偉大的降臨，只可惜他還是忘不了那條眉毛。他知道，他無緣體驗降臨了。他喝了一口，把雙耳杯交給克拉拉．迪特汀。「看來今晚依舊無望。」他對自己說。「肯定沒希望。」即便如此，他依舊努力擠出笑臉。

雙耳杯繞完一圈，主席舉起手示意，接著大家唱起第三號團結頌：

感受降臨！
死於歡欣！
融於鼓樂！

我中有你，你中有我。

每唸一行，眾人的聲音便更加激昂興奮。空氣緊繃，好似帶了電。主席關了音樂，最後一個詩節的最後一個音落下，一切歸於靜默。靜默中有極度的期待，顫抖著、蔓延著，如觸電一般。主席伸出手，忽然間，有個**聲音**，低沉有力的**聲音**，聽起來比任何人聲都更美妙、更有層次、更溫暖，充滿了愛、渴望與憐憫的悸動，這奇異神祕的超自然聲音從天而降，緩緩說道：「啊！福特！福特！福特！」愈說愈低沉，愈說愈小聲。聽者體內深處無不湧出能量，太陽輻射般，朝身體各處散去，熱淚盈眶，心呀、肺腑呀也受到撼動，像是獨自有了生命。「福特呀！」眾人彷彿都融化了。「福特呀！」自我消散，消散。突然，那聲音語調變得驚人：「聽呀！」它大聲呼告：「聽呀！」眾人傾耳聆聽。它停了一下，沉為耳語，卻比先前的疾呼更深入人心，「大我的腳步，」又重複，「大我的腳步，」耳語漸弱，近乎止息，「大我的腳步已落於階上。」室內又是一片靜默。眾人期待的心情稍稍緩和了那麼一下，然後又再度拉扯、緊繃，直至斷裂的邊緣。大我的腳步聲，啊，他們聽見了！他們真的聽見了！自一道不可見的樓梯拾級而下，愈加靠近。大我的腳步聲呀！然而，斷裂終於到來。摩兒迦納雙眼瞪得老大，嘴張著，整個人彈了起來。

「我聽見了！」她哭喊：「我聽見他了！」

「他降臨了。」沙拉金尼・恩格斯跟著大叫。

「沒錯！他降臨了，我聽見他了！」菲菲・柏拉德福和湯姆・川口不約而同站了起來。

「啊！啊！啊！」喬安娜想以言語作證，卻口齒不清。

「他降臨了！」吉姆・波康諾夫斯基喊著。

主席傾身向前一按，解放了近似瘋癲的鐃鈸與銅樂器樂音，手鼓敲擊的節奏也讓人狂熱。

「啊！他降臨了！」克拉拉・迪特汀尖叫，「啊！」彷彿她喉嚨忽然被人劃斷。

柏納覺得自己好像該有點表現了，於是整個人跳起大吼：「我聽見了！他降臨了！」但不過是違心演出。其實他什麼也沒聽見，也沒見到誰降臨。團歌唱了，也跟著鼓譟興奮，但依舊什麼都沒有。儘管如此，他還是奮力舞動雙手，大吼大叫。其他人開始狂舞跺腳，他也跟著狂舞跺腳。

眾人圍成一圈繞著走，一個接著一個，都把手放在前一人的臀部上。圈子繞啊繞著，他們齊聲大喊，跟著音樂的節奏，跺呀、拍呀，用力拍擊前一人的臀部。彷彿十二雙手合一，同步拍打十二個臀，響亮一致。十二人合一，十二人合一。「我聽見了！我聽見他降臨了！」音樂節奏加快，腳步跟著加快，拍打的節奏也愈加急促。突然間，合成樂聲中傳來一個巨大的低音，轟隆隆宣告著救贖將近、團結儀式圓滿、十二人合一、大我現身。手鼓依舊狂熱敲打著，那聲音唱了：

雜交與狂歡，福特啊真好玩，
吻一吻女孩，她們便完滿，
男孩一完滿，女孩便心安，
雜交與狂歡，再也無羈絆。

「雜交與狂歡，」狂舞的眾人跟著唱了起來，「雜交與狂歡，福特啊真好玩，吻一吻女孩……」唱著唱著，燈光漸漸暗下，光線變得溫暖紅潤，最後成了胚胎儲存室那種微暗紅光。「雜交與狂歡……」在彷彿胚胎成長時的一片昏暗血色中，眾人隨著不停歇的節奏繞行打拍了好一陣子。「雜交與狂歡……」繞行的圓跟著漸漸瓦解，眾人散倒在同樣環成一圈的沙發上，那是桌椅圈外的另一個大圈。「雜交與狂歡……」歌聲低吟，如鴿咕嚕咕嚕，幽微紅光中，似一隻盤旋空中的巨大黑鴿，溫柔照看著躺臥交纏的男女軀體。

他們倆站在屋頂。大福鐘剛剛響了十一次。夜溫暖沉靜。

「剛才很棒吧？」菲菲・柏拉德福說道。「真的棒透了吧？」看著柏納，她的臉上狂喜滿盈。雖是狂喜，卻不帶一絲激動興奮——畢竟興奮就意味著還未滿足。她臉上的表情屬於圓滿之後的平靜喜悅，來自生命得到了平衡，來自各種欲求回歸衡定，並非用以填補空虛那種隨隨便便的快樂。那是一種飽滿、持續的平靜。因為團結儀式有取必有予，取走不過是為了補足。她完整了，變得完美無缺了，她不再只是她自己。「你難道不覺得剛才真的很棒嗎？」她又再追問，那雙看著柏納的眼睛目光灼灼，不像來自人間。

「是呀，我也覺得很棒。」柏納扯了謊，不敢看她。她的臉龐煥發著新生的光彩，恰如指控、也似諷刺，提醒了柏納他無法融入大我的處境。此刻，他心中孤獨，比團結儀式剛開始時更孤單。填補不盡的空虛、無法滿足的欲求使他更加孤單。依舊自己一人，也沒得到救贖，其他人呢，卻一個個都融為一體。即使在摩兒迦納的懷裡，他還是覺得孤單，比過往都更無助絕望。他離開了幽微紅光的室內，置身燈火通明處，自覺益發強烈，清楚得令人痛苦。他可悲極了，或許（她閃亮的目光彷彿在指責他），一切是他自己的錯。「很棒，」他又說了一次，但滿心想著的卻是摩兒迦納的眉毛。

06

之一

古怪，古怪，太古怪了。這是列寧娜給柏納．馬克斯的評價。他太古怪了，所以列寧娜這幾週一直盤算著該不該打消新墨西哥的行程，改跟博尼多．胡佛去北極。可是，去年夏天才跟喬治．愛德索去過北極，那裡無聊死了，沒什麼好玩，飯店裝潢過時，房間內沒有電視、也沒有氣味風琴，只有難聽得要命的合成音樂，就連電扶梯壁球場也只有二十五座，二十五座球場供兩百多位住客使用！不！不行！她心意已決，絕對不再踏上北極。再說了，美洲她只去了一次。去是去了，但不怎麼樣。那回只在紐約待了一個寒酸得要命的週末。她是跟誰去的呀？是尚－賈克．哈比布拉還是波康諾夫斯基．瓊斯？記不得了。反正那不重要。光想到能再飛去美洲一趟，而且一待就是一星期，就滿心期待，當中還有三天可以去蠻族保留區看看。全中心上下，去過蠻族保留區的不出六、七個。柏納是艾爾發正族，又是心理學家，有權申請去保留區，中心裡有這權限的人，她沒認識幾個。對列寧娜來說，機會可是千載難逢。不過話說回來，像柏納如此古怪的人也算是千載難逢。所以她也不太確定自己該不該把握這機會。也想過要不要豁出去跟風趣幽默的博尼多去北極。至少博尼多很正常，不像柏納……

「他的血裡面被摻了酒精了。」這是芬妮對他各種奇怪行徑的解釋。亨利則有另一種說法。有一晚，列寧娜跟亨利躺在床上，憂心忡忡地談起她的新愛人，然後亨利把他比喻成一頭犀牛。

「犀牛學不了把戲。」一如往常，亨利的答案簡潔有力。「有些男人真的就跟犀牛差不多，制約對他們起不了作用。可憐的畜生啊！柏納也是這種人。但他運氣好，工作能力挺好。不然主任一定不會讓他留在中心。不過，我想他沒什麼危險。」最後這句話讓列寧娜安心多了。

或許沒什麼危險，但依舊讓人有些不安。他喜歡獨處就是個大問題。總是自己一人，意味著什麼事都做不成。畢竟，一己之力能成的事太少（只有睡覺吧，但總不能一天到晚睡覺）。有什麼事是一個人能辦到的呢？真的不多。他們倆第一次一起出去那天下午，天氣極好，列寧娜提議去托齊鄉村俱樂部游泳，再去牛津辯論社吃晚餐，但柏納覺得人太多。不然去聖安德魯打一場電磁高爾夫？不要。柏納覺得打電磁高爾夫很浪費時間。

「你有這些時間要幹嘛呢？」列寧娜有些驚訝地問。

顯然他心中的答案是去湖區散步：他提議飛到斯基多山頂，在石南叢裡散步兩個小時。「跟你一起，列寧娜，只有我們倆。」

「可是，柏納，我們整晚都可以獨處呀。」

柏納有些臉紅，別過頭去，咕噥道：「我是說，只有我們倆聊聊天。」

「聊天？要聊什麼？」散步聊天，把一個下午花在這上面，也太奇怪了。

最後，他還是不敵她的要求，老大不情願地飛到阿姆斯特丹去看世界女子重量級摔角的半準決賽。

「又是一大票人，每次都這樣。」他抱怨著。一整個下午他都悶悶不樂，也不肯跟列寧娜的朋友聊天（中場休息去甦麻冰淇淋店時，他們碰上她一大群朋友）；列寧娜都遞給他了，他也不肯吃那含半公克甦麻的覆盆子聖代。「我寧可做自己，悲慘也沒關係。我就是不想變成別人，再快樂我也不要。」

「及時來一克，勝過事後吃九克。」列寧娜又說起睡眠學習灌輸的至理名言。

柏納極不耐煩，推開她遞過來的玻璃杯。

「好了，別發脾氣了。甦麻一西西，十種壞情緒死光光，記得吧！」

「唉！福特呀！別再說了！」他大吼。

列寧娜聳聳肩，表情莊重地說：「一克甦麻勝過一句咒罵。」然後自己把覆盆子聖代喝完了。

回程穿越英吉利海峽時，柏納堅持關掉螺旋槳，讓直升機在海面上不到一百呎處盤旋。天象已經漸漸轉壞，西南風疾勁吹起，雲層也厚了。

「你快看！」他要她往下看。

「可怕死了。」列寧娜避開了窗邊向內縮。她害怕，夜是一片虛無，卻來得那樣快；直升機下的海面，黑沫點點，洶湧起伏；還有月亮，面容如此憔悴，像有心事似的，半掩在快速掠過天空的雲層中。「我們來聽廣播吧，快點！」她伸手扭開儀表板上的開關，隨便挑了一台聽。

「……在你心中，一片藍天，」十六道聲線同時以顫抖的假音唱著：「天氣永遠……」

歌聲忽然中斷，機艙一片靜默。柏納把廣播關了。

「我想要靜靜看海，」他說：「那種東西太吵了，開著的話，根本不知道在看東西。」

「明明就很好聽。還有，我並不想看海。」

「可是我想。」他不打算讓步。「看著海，我彷彿覺得……」柏納頓了一下，試圖想出貼切的語彙，「覺得我好像更貼近自己了。不知道你懂不懂，我就是我自己，而不只是什麼東西的一分子，不只是社會體系裡的一個小小細胞。列寧娜，難道你望著海時沒這種感覺嗎？」

列寧娜卻叫了起來：「好可怕，可怕死了。」她重複說道。「而且，不想當社會體系裡的一分子，這種話你怎麼說得出來？凡人皆有用呀，缺一不可。低下如愛普西隆……」

「我知道，我知道，低下如愛普西隆，也對社會有用。」柏納接著說，語帶諷刺。「就連我也有用！但我真他媽的希望我一點用也沒有。」

聽到他口出穢言，列寧娜傻了。「柏納！你怎麼可以這樣想？」她吃驚又難過地回問他。

柏納接過話，反倒若有所思地自問起：「我怎麼可以這樣想？不，真正的問題在於我為什麼不能這樣想？或者該說，就因為我知道為什麼我不能這樣想，我更想知道，如果我有自由意志，能不受制約奴役，那會是什麼樣？」

「柏納，你現在說的這些話，很不好。」

「難道你不希望能夠自由自在嗎？」

「你說什麼我聽不懂。我很自由呀。我可以自由自在享受美好時光。現代社會，人人都很快樂。」

柏納苦笑，說：「是呀，現代社會，人人都很快樂。從小孩五歲開始我們就這麼教。但是，列寧娜，你從來沒想過可以用不同方式追求快樂嗎？譬如說，以你自己的方式去追求快樂，而不是按照別人的方式。」

「你到底想說什麼，我真的聽不懂。」她又說了一次，接著轉過頭，哀求柏納：「拜託，我們回去吧，柏納。我真的很不喜歡這裡。」

「難道你不喜歡跟我一起嗎？」

「喜歡是喜歡，只是這裡真的很可怕。」

「我以為在這裡，只有月亮，只有大海，我們可以更**靠近**。比在人群中或是在我臥房裡更親近。你不了解嗎？」

「你剛說的我全都不懂。」她的語氣堅決，不打算弄懂柏納的話。「完全不懂，一點點都不了解。」接著她語調軟化了說，「你心裡有這些恐怖念頭的時候，怎麼不吃點甦麻？吃了就能馬上忘掉。你就不會那麼痛苦，只會覺得開心，**非常開心**。」。儘管眼中全是疑惑焦慮，她仍舊微笑對著柏納，帶著一種企圖撩撥欲望的媚笑。

他看著列寧娜，一言不發，臉上也看不出有什麼變化，只是一臉表情沉重，眼睛定定地看著她。沒幾秒鐘，列寧娜望向別處，乾笑幾聲，想擠出幾句話來，卻又偏偏想不到。沉默愈發漫長了。

最後柏納終於開口，聲音微弱疲憊：「好，好，我們回去吧。」他用力踩了加速器，直升機直衝上天，上升到四千呎時再啟動螺旋槳。有那麼一兩分鐘，他們誰也沒說話。但柏納突然笑了起來。真詭異，列寧娜心想，不過算了，至少他笑了。

「心情好多了嗎？」她大膽開口問。

他空出握著操縱桿的一隻手環住她，開始輕撫她胸部。這就是他的回答。

「感謝福特，他恢復正常了。」她對自己說。

半個小時後，他們回到了柏納的住所。他一口氣吞了四顆甦麻，打開廣播跟電視，也把衣服脫了。

隔天下午，他們倆在屋頂碰面，列寧娜俏皮地問道：「昨天很好玩吧？」

柏納點了點頭。兩人爬上直升機，機身輕輕晃震一下就起飛了。

「大家都說我非常氣感呢。」列寧娜拍拍自己的大腿。

「嗯，非常氣感。」柏納嘴裡說著，眼神卻露出痛苦。「像塊肉一樣。」他心想。

她抬起頭，有些不安地問：「我會不會很胖，你覺得呢？」

他搖搖頭。欸，還真像一大塊肉。

「你覺得我完美嗎？」他又點點頭。「我是說各方面喔？」

「非常完美了。」他大聲回應，心裡面想的卻是：「連她也這樣看待自己。看來，被人當塊肉她也不在意。」

列寧娜得意地笑了。只可惜，她開心得太早。

過了一會兒，他才又開口：「不過，我還是希望昨天晚上可以不要那樣結束。」

「不那樣？難道還有其他選擇？」

「我不想要以做愛收尾。」他挑明了說。

列寧娜覺得訝異。

「至少不是馬上，不是約會第一天就做愛。」

「那不然我們要……」

他又開始扯那些離經叛道、令人費解的話。列寧娜關起耳朵，什麼都不聽，但偶爾總會有一兩個字鑽進耳裡。「……想試試看壓抑衝動之後是什麼感覺。」她聽見他這麼說，心裡似乎也有個地方被觸動了。

「今天的樂子今天找。」她正色說。

「重複過兩百次了。從十四歲到十六歲半，每週都播兩次。」這就是他的回應，然後又回到他瘋狂黑暗的長篇大論。「熱情到底是什麼，我也想感受看看。」她聽見他說。「我想要感受強烈的情緒。」

「個人有感受，社會就敗落。」列寧娜又複誦起來。

「哼，社會怎麼就不敗落那麼一點點呢？」

「柏納！」

柏納一臉不在乎。

「用腦的時候，白天工作的時候，我們都是成年人。但只要欲望一來，我們卻成了嬰孩。」他說。

「上主福特眷顧嬰孩。」

柏納並不理會，自顧自說：「那天我突然想到，有沒有可能一天二十四小時都當個理智的成年人。」

「我不懂。」列寧娜語氣堅定。

「我知道你不懂。所以昨天晚上我們還是上床做愛了，像嬰兒那樣滿足欲望，而沒有像成年人一樣耐心等待。」

「但做愛很開心呀，不是嗎？」列寧娜毫不退讓。

「嗯，太開心了。」但他的話語聽來哀傷，臉上盡是沉痛悲苦。列寧娜小小的勝利感瞬間蒸發不見，以為他還是嫌她太胖了。

「我就跟你說吧，他的人造血裡面被摻了酒精。」列寧娜後來向芬妮訴苦，芬妮卻只這麼回答。

「不管怎樣，我真的很喜歡他。」列寧娜嘆了口氣，接著又說：「他的手好靈巧，而且聳肩的樣子也很迷人。他要是沒那麼古怪就好了。」

之二

柏納在主任辦公室門外站了好一會兒，深呼吸，挺起胸膛，準備好面對門後等著他的厭嫌和拒絕，才敲了門進去。

「主任，這張許可證想請您簽名。」他盡量輕鬆地說著，把文件放在桌上。

主任看著他，不大情願。但文件上已經蓋了管理者辦公室的章，穆斯塔法．蒙德幾個字也簽在文件底下，白紙黑字，沒有遺漏。主任實在沒辦法，用鉛筆淡淡寫下自己名字的縮寫，兩個字母卑躬屈膝地攀在管理者的簽名底下。主任一言不發，連最普通的「願福特祝你一路順風」都沒說，就要把文件遞回給柏納，這時，他瞥見許可證上頭的幾個字。

「要去新墨西哥保留區？」他問，說話的語調跟抬頭看柏納的臉都顯得又驚又慌。

主任這一慌反倒讓柏納感到納悶。他點點頭。兩人誰也沒說話。

主任靠向椅背，皺起眉頭說：「有多久了呀？我想，有二十年囉。應該接近二十五年了。我那時候正好跟你現在年紀差不多……」主任搖頭嘆息，看似在對柏納說話，其實更像自言自語。

柏納覺得很尷尬。主任這人，以恪守成規、一絲不苟聞名，竟然做出如此失禮的舉動！柏納簡直想掩面奔出門外。他其實不會對別人聊起陳年往事感到厭惡，這是少數他已經完全擺脫的睡眠學習制約的事（至少他是這麼認為的）。主任明明不准別人緬懷往事，自己卻犯下這種錯，這才讓他覺得難為情。到底主任心裡藏著什麼，如此難以自抑？柏納強忍著，繼續細聽。

「那時候，我起了跟你一樣的念頭。」主任說。「想去看看野蠻人是什麼模樣。申請了一張許可證，就到新墨西哥度暑假了。還帶著一個跟我要好的女孩。她是貝塔負族，我記得是。」（主任閉上眼繼續說道。）「印象中她有著一頭黃髮。總之呢，她很氣慼，非常非常氣慼，我記得很清楚。我們到那之後，先去看野蠻人，也去騎馬之類的。就在差不多假期的最後一天，她……呃……她失蹤了。那天我們騎著馬，沿著山路顛簸往上，天氣悶熱得異常。午餐過後，我們決定睡個午覺。至少我是睡了個午覺。等我醒來，沒看見她，以為她去散步。總之，我醒來的時候，她就已經不見人影。接著，前所未見的暴烈雷雨襲來。大雨傾盆，雷聲隆隆，閃電不休。我們騎的馬脫逃了。我想去抓，但摔了一跤，膝蓋受傷幾乎無法走動。儘管這樣，我還是不斷四處尋找她的下落，邊找邊叫她，但怎樣就是找不到。於是我想到，她可能已經回我們住的地方了。所以我沿著來時路，慢慢爬回去。那時候，我膝蓋痛得幾乎快撐不住，身上的甦麻又不見了。我爬了好幾個小時，一直到過了半夜才終於爬回度假小屋。但她也不在那兒。不在那兒。」兩人沉默了一會兒，主任才又開口：「隔天，我們發動搜救，但還是找不到她，很可能掉進哪裡的山溝，或是被獅子吃了。只有福特才曉得。反正，整件事情糟透了。我那時候心情很不好，我敢說，遠超過這件事該有的衝擊。誰都可能出這種意外，況且整個社會的運作，也不會因為一兩個小細胞更動而受到影響。」主任拿睡眠制約灌輸的概念來安慰自己，但似乎沒什麼用。他搖搖頭、幽幽地說：「我其實偶爾還是會夢見，夢見被隆隆的雷聲嚇醒，發現她失蹤了；夢見在樹林中不斷苦尋她的身影。」說完，主任默然陷入回憶之中。

「您當時一定嚇壞了。」柏納說，語氣幾乎是欣羨。

聽見柏納的聲音，主任才回神，赫然驚覺自己身在辦公室。他飛快瞪了柏納一眼，接著又內疚地避開視線，臉色都漲成了豬肝紅。突然他又疑心病起，回頭盯著柏納，氣呼呼地端起架子。「我跟那個女孩之間沒什麼，你最好不要亂瞎猜。我們之間不帶感情，也不是長期關係，很健康正常的。」主任把許可證遞給柏納，接著又說：「我真不知道幹嘛要跟你講這種無聊小事。」主任很氣自己竟然不經意說出這樁丟人往事，卻把氣全出在柏納身上。此刻他眼中毫無善意。「對了，馬克斯先生，正好趁這機會，我想告訴你，我收到不少報告，都跟你下班之後的種種作為有關。也許你認為下班時間不關我的事，但我告訴你，我得顧及中心的名聲，所以那也關我的事。在我這裡工作，所有人都不得有汙點，特別是位階高的員工。艾爾發族受過制約，感情上可以不必依照嬰孩本能行事。但正因為這樣，艾爾發族就得更努力表現出這一面。照本能行事是本分，即使再怎麼不符你的意願也得照做。所以，馬克斯先生，我現在鄭重警告你，」主任原先憤慨顫抖的語調已經轉為公正無私的聲音，用來表達社會機器的不認同，「假使再讓我聽見任何傳聞，說你不符標準，疏於按本能行事，我就把你轉派到二級中心去，冰島聽起來就是個不錯的地方。好了，祝你一天順心。」主任轉過身，拿起筆寫字。

「這樣他應該會怕了吧。」主任對自己說。但主任錯了。柏納可是昂著頭欣喜地走出辦公室，砰的一聲關上了門。他心想自己竟然獨力對抗了社會秩序，他身為個體的獨特性與重要性終於被看見了，為此他醺醺然得意萬分。即使被主任嚴正警告，他也不以為意，那番話沒讓他洩氣，反倒替他打了氣。他覺得自己充滿力量，足以克服種種困難，就連可能被派到冰島也不怕。他那樣有把握，是因為他堅信那不會發生，也因此更添自信。沒有人因為這樣就被派到冰島的。不過是嚇嚇他的，這種威脅太刺激，反而激發出他旺盛的生命力。行經走廊時，柏納竟然還吹起口哨。

對這次跟主任會談，他給自己的評語是「神勇」。「那個時候，我叫他滾回去過往的無底深淵吧，然後我頭也不回地走了。就這樣。」他說完，期待地看著赫姆霍茲·華生，等著對方給他該有的認可、鼓勵和欽佩，但結果卻非如此。赫姆霍茲只是靜靜坐著，盯著地板。

他覺得柏納這人很不錯。能聊聊心裡那些要緊事的人，也只有柏納了。但柏納有些地方真讓他無法忍受。愛吹牛就是一個，吹破牛皮之後的自怨自艾又是一個。最可悲的就是聽到什麼狀況，就要高談闊論一番，其實自己根本沒參與。就因為他還滿喜歡柏納，這些事更讓他受不了。時間一分一秒過去，赫姆霍茲仍望著地板沒說話。突然間，柏納羞紅了臉，別過頭去。

之三

旅途一路平安無事。他們搭著藍太平洋火箭號，飛抵紐奧良時早了兩分半鐘，但在德州碰上龍捲風遲了四分鐘，所幸後來在西經九十五度遇到順風氣流，所以抵達聖塔菲時只比表定時間晚了四十秒。

「六個半小時的航程只晚了四十秒，還不賴嘛。」列寧娜說。

那晚，他們留宿聖塔菲，飯店讓人很滿意，比去年夏天列寧娜待的極光皇宮飯店好太多了。液態空氣、電視、真空振動按摩機、廣播、熱騰騰的咖啡因溶液與溫熱過的避孕裝置之外，每個房間都備有八種香水。他們踏進大廳時，合成音樂機正在演奏，氣氛完美，實在無可挑剔。電梯中貼有告示，說明這裡一共有六十座電扶梯壁球場，公園裡也可打障礙高爾夫或電磁高爾夫。

「實在太好了，讓我幾乎只想待在這裡不走了。六十座電扶梯壁球場吔……」列寧娜大歎。

「保留區裡一座電扶梯壁球場都沒有喔。」柏納提醒她：「也沒有香水、沒有電視，甚至沒有熱水洗澡。如果你覺得可能會待不下去的話，最好就留在這裡，等我回來。」

列寧娜有點惱怒，回了一句：「我當然能受得了。我說這裡很好是因為……是因為進步是好事，不是嗎？」

「重複聽五百次了，十三歲到十七歲，週週都要聽一次。」柏納語帶疲憊，彷彿是在對自己說。

「你剛說什麼？」

「我說，進步是好事。所以你如果不是真的想去保留區，就不要去。」

「我想去呀。」

「那就好。」柏納說，但聽起來卻像是個威脅。

要進入保留區，還得拿許可證讓保留區區長簽名才行。所以隔天早上，兩人就準時出現在區長的辦公室。一個愛普西隆負族黑人接過柏納的名片，隨即就讓他們進去。

保留區區長是艾爾發負族，一頭金髮，個子矮，皮膚黑，肩膀寬闊，配上一張滿月般的圓臉，講起話來聲如洪鐘，睡眠學習的至理名言倒背如流，這人活像個礦坑腦袋裡裝了許多無關緊要的資訊或是沒人想聽的建議。只要一開口，大嗓門就哇啦哇啦停不下來。

「……五十六萬平方公里，分為四個不同的子區，每一區周邊都有高壓電圍欄。」

不知為何，柏納忽然想起家裡浴室的古龍水水龍頭沒關。

「……電力供給來自大峽谷水力發電廠。」

「等到我回去，不知道要付多少水費啊。」柏納的心中浮現一只水錶，細長指針轉呀轉的，像勤奮做工的螞蟻不停往前爬。「得趕快打電話給赫姆霍茲．華生才行。」

「……六萬伏特的電流流過長五千公里的圍欄。」

「你不是說真的吧！」列寧娜客套地回應，其實她根本聽不懂區長在說什麼，但看他那樣戲劇化停頓了一下才接了話頭。打從區長開始滔滔不絕，列寧娜就偷偷吞了半克甦麻，所以現在她可以平靜坐著，什麼也不聽，什麼也不想，一雙藍色大眼緊盯著區長的臉，如癡如醉的樣子。

「一碰圍欄就死定了。」區長正經地說：「逃走，在保留區是絕不可能發生的事。」

「逃走」這個詞還真是及時的建議。「我看，」柏納略略起身說：「我們該走了。」他心中的古龍水錶指針仍馬不停蹄地轉著，像隻昆蟲一點一點嚙食他的荷包。

「絕對逃不了。」區長又說了一次，同時揮揮手示意要柏納坐一下。許可證還沒簽名，柏納只得乖乖坐下。「可愛的小姐，你知道嗎？在保留區出生的人，」區長色迷迷地瞧向列寧娜，低聲說：「沒錯，這裡的人都還是**胎生**，打娘胎生出來的。聽起來很噁心吧……」（他本以為這種齷齪話題會讓列寧娜不好意思，沒想到她只是一副長了知識的模樣，驚歎：「你不是說真的吧！」區長有點失望，繼續聊下去。）「在這裡出生的人呀，我再說一次，只能在這裡老死。」

在這裡老死……每分鐘流掉一百西西香水，每小時就六公升了。「我想，我們該……」柏納再試了一次。

區長傾身向前，用食指敲了敲桌面，「你問我保留區裡有多少人。我告訴你，」他極為得意地說：「我不知道。我們只能大概估計。」

「你不是說真的吧！」

「我可愛的小姐，真的。」

六公升乘以二十四小時，不，到目前為止應該要乘以三十六小時。柏納面無血色，不耐煩地抖動身體。但大嗓門依舊持續放送。

「……印第安人和混種人大約有六萬人……全是野蠻人……除了我們的檢查員偶爾會去那裡，他們跟外面文明世界完全沒有連繫……還留著許多讓人不舒服的風俗習慣……婚姻制度呀，你知道那是什麼嗎，小姑娘？……家庭呀……完全沒有制約訓練……十分迷信……有基督教、圖騰信仰、祖先崇拜……使用已經滅絕的語言，像是祖尼語、西班牙語、阿薩巴斯肯語……裡頭還有美洲獅、豪豬和其他凶猛猛獸……傳染病……祭司……毒蜥蜴……」

「你不是說真的吧！」

他們好不容易脫身，柏納立刻衝到電話旁。快點、快點，但他卻花了將近三分鐘才接通赫姆霍茲．華生。「這電話怎麼搞的？好像我們已經到了蠻族保留區一樣，效率真差。」他抱怨道。

「來一克吧！」列寧娜向他建議。

他拒絕了，寧可生氣。感謝福特，終於接通了，他對赫姆霍茲解釋來龍去脈，赫姆霍茲也答應會馬上去幫他關掉水龍頭：好，一定馬上去，不過順便說一聲，中心主任昨天傍晚當眾宣布了……

「什麼？他要找人把我換掉？」柏納的聲調都變了，顯得萬分痛苦。「已經確定了嗎？他有提到冰島嗎？有……福特呀！冰島……」柏納掛掉電話，轉過身對著列寧娜，一臉慘白，沮喪到極點。

「發生什麼事了？」她問。

「什麼事?!」他跌坐在椅子上說：「我要被調去冰島了。」

以前，柏納很好奇被人審判、被煩惱纏身、遭人迫害是什麼滋味（尤其是不靠甦麻，只憑自己內心力量應付時）。曾經他嚮往各種苦難。不過就一個星期前，在主任辦公室裡，他還想像自己勇敢地抵抗，堅忍卓絕、毫不抱怨地擔起各種磨難。主任的警告讓他得意洋洋，覺得自己偉大高尚。不過現在他明白了，他是因為沒把主任的告誡當一回事才會那樣想。他一直不覺得主任真的會拿他開刀。而今那些話就要成真，他才驚慌不已。腦子裡什麼堅忍卓絕的情操，什麼虛幻的勇氣，全都消失得無影無蹤。

他氣自己，真是白癡！他也氣主任，怎麼可以不給他一次機會？太不公平了。他知道，只要再給他一次機會，他一定會好好珍惜的。而今冰島……冰島……

列寧娜搖搖頭說：「思前想後，令人難受。」她又引用了格言。「吃下一克，活在此刻。」

後來，她終於說服他吞下四顆甦麻；五分鐘後，因之根、果之實都從腦海消失了，只有燦爛的花朵於當下盛開。門房捎來消息，說區長派了保留區警衛開飛機來，在飯店屋頂等著。他倆立刻上樓。一位穿著伽瑪綠制服、有八分之一黑人血統的混血兒，向他們敬了禮並報告早上的行程。

先在空中鳥瞰十來個規模較大的村落，接著會停在馬爾帕依斯山谷享用午餐。那裡的度假小屋布置舒適，村落裡也正好有夏季祭典，是最適合過夜的地方。

兩人各自坐定之後，飛機就起飛了。十分鐘左右，他們就跨越文明與野蠻的交界。高壓電圍欄綿延不絕：上坡下坡，橫越沙漠鹽漠，穿過森林，鑽進紫黑深谷，越過峭壁山巔、平頂台地；它畫成了一道不可抵擋的直線，是人力勝天的幾何標記。圍欄底下，白骨長長短短零星四落，黃土地上一具未腐的動物屍身，以此為界，前前後後散落的腐屍，有野鹿、小牛、美洲獅、豪豬、土狼，是靠致命電網太近的證據。魂喪電網的還有逐屍臭而來的紅頭美洲鷲，炸得皮開肉綻，也該算是天理循環。

「牠們學不乖。」穿著綠色制服的駕駛員指著地面上的骸骨說。「永遠都學不乖。」他笑著又說了一次，彷彿那些觸電而死的動物是他贏得的戰利品。

柏納也笑了，兩克甦麻下肚後，不知怎的，連這種笑話好像也變得好笑了。他大笑幾聲，隨即睡去，一路沉沉睡過了許多村落：陶斯、特斯克、南卑、皮邱里斯、帕瓦奇、西亞、科奇蒂、蘭瓜那、阿可馬、迷魔台地、祖尼、錫沃力、烏約·卡列提。他醒來的時候，他們已經降落著陸。列寧娜拎著行李走進一間方方正正的小屋，駕駛員正跟一個年輕印第安人說話，用他們聽不懂的語言。

「這裡是馬爾帕依斯村。」柏納踏出機艙時，駕駛員解釋道：「這是度假小屋。下午村子裡有一場舞蹈。他會帶你們過去。」他指著旁邊一個繃著臉的年輕野人。「一定會很有趣的。」駕駛員咧嘴笑著說：「他們不管做什麼都很有趣。」他爬上飛機，發動引擎。「明天過來接你們，喔，對了，」他轉向列寧娜，要她別太擔心，「野蠻人其實都很溫馴的，不會傷害你們。瓦斯彈的滋味他們吃過不少了，沒有膽子胡來。」駕駛員依舊朗朗笑著，螺旋槳開動，直升機加足了速度飛起，一會兒就不見蹤影。

07

台地像一條船，靜靜停泊在一灣海峽中。峽谷的乾土是獅毛般的黃，兩側峭壁高聳，一道綠意由這岸蔓延至另一岸，是谷間的河水與河岸。海峽中央的石船船首上突起了一塊裸岩，受侵蝕成了不規則狀，那就是馬爾帕依斯村立足之地。高聳的樓房一層層交疊，愈疊愈窄小，像是朝天而上卻被削了尖頂的金字塔。樓房底下胡亂散著幾間小房子，還有幾列交錯的牆。裸岩有三面斷崖，直直下探平原。幾股筆直的煙霧飄進無風的空氣中，漸漸消失。

「好古怪。」列寧娜說：「感覺好古怪。」遇到看不慣的事情，列寧娜總是這麼說。「我不喜歡這裡，我也不喜歡那個人。」列寧娜指著被派來帶他們去村裡的印第安人說。但也不只有她有這種感覺；那印第安人走在他們前方，背影看來也不友善，帶著鬱悶和不屑。

「而且，他好臭。」列寧娜壓低音量說。

柏納沒想否認。兩人繼續跟上。

忽然，身邊的空氣似乎活了起來，像隨著血液裡永不止息的脈搏而跳動。上頭的馬爾帕依斯村傳來陣陣鼓聲。他倆的腳步與這神祕的節奏趨於一致，同時加快了步伐。腳下的路引著他們來到斷崖下，台地大船的側面矗立眼前，離他們有三百呎。

列寧娜忿忿望著逼近眼前的一大片光禿石壁，嘆道：「真希望我們開飛機來，我討厭走路。而且，走在山腳下會覺得自己好渺小。」

他們在台地的陰影下走了一段路，繞過一塊巨岩，在飽受河水侵蝕的山溝邊看到一條梯階步道，爬了上去。步道順山勢而上，彎彎曲曲。鼓聲有時似乎全聽不見，有時卻又像在轉角近處。爬到半路，有隻老鷹飛過，距離非常近，牠羽翅一展竟颳起寒風拂過他們臉上。岩石裂罅處壘著白骨，一切都如此詭異，步步逼近，印第安人身上的氣味也愈來愈重。終於，他們穿過山溝，重見天日。台地頂端是一片平坦石地。

「好像查令T字塔。」列寧娜說。但親切感帶來的慰藉持續不了多久。一陣輕柔腳步聲傳來，他們立刻回過頭去。兩個印第安人沿著小徑跑了過來，袒胸露背，深棕色身上畫著幾道白線（列寧娜後來形容「簡直像瀝青網球場」），臉上抹著深紅、漆黑、赭紅顏料，一張臉看起來竟不似人。兩人一頭黑髮，用狐狸毛和紅色法蘭絨結成辮子，火雞羽毛做成的斗篷在肩上飛揚飄動，頭頂戴著巨大羽冠，張揚的華麗有些低俗。他們每跨一步，身上的銀手環，還有用獸骨與綠松石珠子串成、沉甸甸的項鏈，便跟著叮叮噹噹。他們一言不發，踩著鹿皮軟鞋靜靜跑了過來，其中一人手持一把羽毛撣子，另一人的兩手各握著從遠處看去像三、四條粗繩的東西。有條粗繩不安地扭動起來，列寧娜才發現原來那些是蛇。

兩人愈走愈近，深色眼睛同時看著列寧娜，卻像什麼也沒看見一樣，就連一絲見到人或是發現有人在的感覺都沒有。那條扭動的蛇又跟其他蛇一樣軟軟倒下來掛在手上。兩個男人經過他們身邊。

「我不喜歡這裡，」列寧娜說：「我不喜歡這裡。」

嚮導進村去探消息，留他們在村子入口等。此時列寧娜才發現還有令她更難受的：泥土、垃圾堆、灰塵、狗以及蒼蠅。她皺著一張臉，滿是厭惡，趕緊拿起手帕摀住口鼻。

「他們怎麼能這樣過活？」她的聲音充滿憤慨與疑惑。（這一切怎麼可能！）

柏納聳聳肩，極富哲理地解釋道：「他們以這種方式生活五、六千年了，我想，應該習慣了吧。」

「可是福特最大，潔淨第二。」

「沒錯，而且文明就是滅菌。」柏納語調嘲諷，替她把初級衛生學的第二堂睡眠學習口號說完。「但這些人從沒聽過吾主福特，他們是未開化的野蠻人。所以沒有必要……」

「啊！你看。」列寧娜緊抓住他的手臂。

有個近乎全裸的印第安人非常緩慢地從旁邊一所房子的二樓陽台爬下梯子，一階又一階，步伐顫抖著，是高齡老人才有的謹慎。他黑色的臉上爬滿深深皺紋，像是黑曜石打造的面具。無齒的嘴巴凹陷，嘴角和下巴兩側有幾撮長長白鬍，在黝黑皮膚上點點發亮。灰髮沒有結辮，在臉邊一綹綹任意垂散。背駝了，身曲骨瘦，幾乎不見肉。他緩緩爬下，每踏一階就得停一會。

「這人是怎麼一回事？」列寧娜低聲問道，兩隻眼睛瞪得好大，又驚又怕。

「他只是老了。」柏納故作輕鬆地回答。其實他也很震驚，但努力忍著，裝作不在意。

「老了？」她說，「可是主任也老了呀，很多人都很老了，他們就不會那樣。」

「那是因為我們不讓他們變成那樣。我們預防疾病發生，用人工手段讓老人的內分泌系統維持得跟年輕時一樣。老人身體裡的鎂、鈣比例不得低於三十歲的數值。我們還會替老人換血，注入年輕血液，不停促進新陳代謝循環。所以他們當然不會變成那個樣子。另一個原因是，」柏納補充道：「我們的老人往往在變成這麼老之前就死了。一過六十，老化就幾乎不可逆，所以人生終點馬上就到了。」

但列寧娜沒有聽進去，她一直看著那個老人。慢慢、慢慢地，他爬下來了，雙腳終於碰到地面了。老人轉過身，塌陷的眼窩裡，兩顆眼珠炯炯有神。那雙眼睛看著列寧娜好一會兒，卻沒有任何反應，沒有訝異，彷彿她不存在。然後緩緩地，老人駝著背，走過他倆身邊，蹣跚而去。

「太可怕了，好恐怖。我們不該來這裡。」列寧娜低聲說著，手朝口袋探，卻發現自己竟然把甦麻藥瓶留在度假小屋裡。真是粗心，明明從來沒忘過。柏納口袋裡當然也沒有。

結果列寧娜只能孤立無援地面對馬爾帕依斯村的恐怖景象，鋪天蓋地迅速襲來。兩個年輕女人替小嬰孩哺乳，讓列寧娜看了羞紅了臉，立刻別過頭去。她這輩子還沒見過如此不要臉的舉動。更糟的是，柏納應該要裝作沒看見，但他反倒對這令人作嘔的景象侃侃而談。也許是為了彌補早上在飯店顯露的懦弱，甦麻藥效一退，他刻意盡情展現自己強悍反骨的一面。

「這關係，多麼親密，多美呀！」他誇張地讚揚，「一定能產生非常強烈的感情！我常想，一個人沒有母親會不會錯過什麼。列寧娜，說不定你就因為無法成為母親而錯失了什麼。想像你坐在那裡，帶著自己的孩子……」

「柏納！這種話你怎麼說得出來？」一個患了眼疾與皮膚病的女人走過，打斷了列寧娜的不滿。

「走了啦，我真的不喜歡這裡。」她哀求道。

就在此刻，嚮導回來了，示意要他們跟上，領著他們走入房屋之間的狹窄街道。轉過彎，一條死狗屍體橫在垃圾堆上，還有個甲狀腺腫大的女人，正在幫一個小女孩抓頭蝨。嚮導在一道梯子前停下腳步，伸手朝上、又朝前比劃，於是他們遵照無聲的指示爬上梯子，穿過一道門，走進一個狹長房間，裡面光線很暗，充斥著煙味、食物油膩味，還有許久未洗的破爛舊衣的味道。房間那頭有另一扇門，一道陽光和嘈雜鼓聲從門外襲來，鼓聲那樣靠近，那樣大聲。

兩人跨出門檻，發現自己身處一個大露台，露台之下，許多高樓房團團圍住了村子裡的廣場，廣場上擠滿了印第安人，披著鮮豔的毛毯，黑髮上插著羽毛，綠松石與黑皮膚在烈日下閃閃發光。列寧娜又把手帕摀住鼻子。廣場中央空地有一個石造圓台子、一個泥夯圓台子，顯然是地窖屋頂，因為兩個台子中間都有開口，並且有梯子自漆黑深處伸出。地底下傳來笛聲，但隨即被陣陣不停歇的鼓音淹沒。

列寧娜喜歡那鼓聲。她閉上眼，任自己淪陷於它們輕柔反覆的雷響之中，任其一次又一次侵入意識，直到最後什麼也不剩，徒留一道深沉的脈搏悸動。鼓聲令她想起團結儀式與福特紀念日的合成音樂。「雜交與狂歡。」她輕聲對自己說。此刻鼓音恰好有同樣的節奏。

一陣驚人歌聲忽然迸發，幾百個男人的聲音，鏗鏘有力，齊聲共鳴。幾個長音之後，男人的歌聲消失了，隆隆的鼓聲也止息；一絲高音嘶鳴竄出，是女人們的回應。鼓聲復起，男人們深沉低音也再次響起，野蠻地宣示了他們的男子氣概。

很詭異，沒錯。這地方很詭異，音樂也詭異，服飾、甲狀腺腫大、皮膚病與老人都很詭異。但這場表演卻一點也不古怪。

「這讓我想起一首低階人種的團歌。」她對柏納說。

但沒一會兒，它讓她想起的就不是團歌這種完全無害的活動了。因為忽然有一群怪物模樣的人自地窖衝了上來，或以面具遮掩，或以塗彩遮蓋，完全看不出人樣，踏著奇異步伐，緩慢繞行廣場而舞，一圈又一圈，邊跳邊唱，一圈又一圈。每繞一圈，腳步就加快一些，鼓聲也隨之變化，節奏更加急促，就像耳中燥熱的脈搏聲響。周遭群眾也隨舞者高歌，愈唱愈響，接著，有個女人尖叫，然後一個又一個女聲尖叫不停，像是正遭人處決。領頭的舞者突然脫離隊伍，衝向靜立於廣場另一側的大木箱，掀起箱蓋，拉出兩條黑蛇。人群中冒出一聲大叫，舞者都衝向領舞人，伸長了手，他將蛇拋給先到的人，回頭繼續自箱中拉蛇出來，一條又一條，黑的、棕的、花的，全拋了出去。然後舞者的節奏又變了，手裡握著蛇，依舊一圈圈繞行，但腳步變得柔軟，膝臀擺動如蛇。一圈、一圈再一圈。領舞人比了個動作，舞者便將手上的蛇一條條扔回廣場中央。一老人走出地窖，朝蛇身撒玉米粉；一個女人從另一地窖上來，拿一黑色水罈朝蛇堆灑水。老人舉起了手，全場完全肅靜，氣氛令人惶恐不安。鼓聲霎止，生命彷彿走到盡頭。老人指向那兩個通往地下世界的地窖口，好多雙看不見的手緩緩推送著一幅老鷹畫像自一地窖口緩緩浮現，又從另一個地窖口推出一幅男人畫像，男人被釘在十字架上，全身赤裸。兩幅畫彷彿憑自身之力懸然立起，照看全場。老人拍了一下手，人群中有個約莫十八歲的男孩站了出來，赤條條只穿著一件白棉褲。他雙手在胸前交叉，彎著腰，老人在他身上比劃個十字後轉身離開。男孩開始沿著不停扭動的蛇堆緩步繞行。他繞完了一圈，第二圈走到一半時，舞者中有一戴著土狼面具的高大男子，手持皮鞭走向他。男孩繼續前行，好像沒看到男子出現。土狼男舉起皮鞭，眾人殷殷企盼了一會兒；瞬間，鞭梢颼颼，啪的一聲揮在肉上。男孩顫了一下，但不發一聲，繼續踩著同樣緩慢的步伐。土狼又揮了鞭，接著再一揮。每一揮，群眾都先驚呼，接著低沉哀吟。男孩依舊沒有停步。兩圈、三圈、四圈，他走著。血水汩汩流下。第五圈、第六圈。忽然列寧娜掩面啜泣，哀求道：「拜託，阻止他們，快阻止他們！」但鞭子依舊無情落下。第七圈走完，男孩忽然跌跌撞撞向前撲倒，但仍一聲不吭。老人屈身彎腰，拿一枝白色長羽毛在男孩背上輕拂，接著舉起羽毛，向群眾展示那一抹鮮紅，然後又在蛇堆上揮舞三次，甩下幾滴血。此刻，鼓聲再次沸騰，狂而急，令人驚慌的急板。有人大吼起來。舞者衝上前去，拾起蛇，轉身跑出廣場。男女老少也全都跟著舞者跑開。短短一分鐘，廣場全空，徒留男孩一人，仍趴在原地靜止不動。三個老女人自一間屋子走出，費了點工夫才把他抬進屋裡。老鷹與十字架上的男人仍舊矗立著，照看空蕩蕩的村落；過了一會兒，彷彿已經看盡了一切，才慢慢從窖口隱入地下世界。

列寧娜止不住眼淚。「太可怕了。」她不斷說著。不管柏納怎麼安慰她都沒用。「真的太可怕了！那些血！」她抖個不停，「要是我有帶甦麻就好了。」

裡頭的房間傳來腳步聲。

列寧娜一動不動，依舊掩著面，不想看，只想離得遠遠的。柏納轉過頭去。

此刻踏上露台的年輕人一身印第安裝扮，不過他一頭辮子是稻草色的，眼睛是淺藍色，白皮膚曬成了古銅色。

「哈囉，日安。」年輕人說。他英語說得標準，用詞卻有點過時。「你們是文明人對吧？是從保留區外面的異界來的？」

「你是……」柏納很驚訝。

年輕人嘆了口氣，搖搖頭道：「一位最不快樂的紳士[1]。」他指向廣場中的血跡，又說：「那該死的血跡，你們看到了吧[2]？」他問得十分激動。

「一克甦麻好過一句咒罵。」列寧娜掩著面，不假思索地說。「真希望我帶了甦麻！」

「當祭品的人應該是我才對。」年輕人繼續說：「為什麼他們就是不肯讓我去？我一定可以撐

---

1 莎士比亞《維洛納二紳士》，第五幕第四景。約翰常引用莎士比亞作品中的台詞。但因引用時，語意時與莎翁原作有出入，為符合本書情節，本書中相關台詞皆為譯者自譯。

2 莎士比亞《馬克白》，第五幕第一景。

過十圈，說不定十二圈或十五圈。保洛提瓦只繞了七圈。要是讓我上場，鞭出的血至少可以多一倍，能將無邊的大海染得血紅[3]。」他誇張地揮舞雙臂，接著又頹喪落下。「他們不給我機會，就因為不喜歡我的膚色。一直都這樣，從以前到現在都是這樣。」年輕人眼中含淚，覺得有些丟臉，別過頭去。

這一切太令人震驚，列寧娜暫時忘了沒有帶甦麻的痛。她抬起頭，頭一回注視著年輕人，「你是說，你**想要**上去被鞭打？」

年輕人不願回過頭，只是點點頭說：「這都是為了村子好。祈求雨水也祈求玉米長得好，還能討蒲康神與耶穌的歡心。另外也可以讓大家知道，再怎麼痛我都能忍，絕不掉淚。是呀，」他聲音忽然洪亮起來，驕傲地挺直肩膀、昂起下巴，並且轉過身，「讓他們知道我是個男子漢……啊！」他倒抽了口氣，說不出話，雙眼睜得大大的。他有生以來第一次看見這樣的女孩：臉頰既不是巧克力色也不是狗皮色，一頭赤褐鬈髮，表情和善（多新奇呀）。列寧娜對著他笑，這男孩生得真是好看，她心想，身材也那樣完美。男孩一時紅了臉，垂下了眼神，過了一會兒又抬眼，發現她仍對著他笑。他招架不了，只好假裝認真望著廣場另一頭的什麼東西。

---

3 莎士比亞《馬克白》，第二幕第二景。

柏納的問題正好讓他轉換注意：你是誰？怎麼來的？什麼時候？打哪來的？年輕人緊盯著柏納的臉（他太渴望見到列寧娜的笑顏，反倒不敢看她），忙著說明自己的來歷。他和琳達——琳達是他母親（那個字眼讓列寧娜不大舒服）——是保留區的外來者。很久以前，在他出生前，琳達和一個男人自異界來到這裡，那男人就是他的父親。（柏納豎起了耳朵。）琳達一個人在山裡走著，往北走，卻跌落陡坡，頭受了傷。（「接著說，接著說。」柏納激動了。）幾個馬爾帕依斯的獵人發現了琳達，把她帶回村子裡。琳達從此再也沒見過那個男人。那人叫做托馬金。（沒錯，主任的名字就是托馬金。）他一定搭飛機離開了，拋下琳達，自己回到異界，是個壞心腸沒良心的男人。

「就這樣，我在馬爾帕依斯村出生。」他說：「在馬爾帕依斯村呀。」他搖著頭。

村落外的那間小房子好髒！

以泥土圾垃為界，那房子被隔在村外。兩隻餓昏的狗嗅著門邊的垃圾堆，模樣十分齷齪。他們進屋時，光線不足，臭氣薰天，蒼蠅聲勢浩大。

「琳達！」年輕人呼喊著。

裡頭房間有個嘶啞的女人聲音傳來：「來了。」

他們等著。地上幾個碗裡都是殘羹剩肴，也許已經放了好幾餐。

房門開了，有個肥碩的金髮女人跨出門檻。她站在門邊盯著來訪的陌生人，一臉不敢置信，張大了嘴。列寧娜發現女人缺了兩顆門牙，真是噁心，其餘牙齒上還有齒垢。她不禁打了冷顫。這簡直比剛才那老人還恐怖。她好胖。臉上的線條鬆垮垮的，一堆皺紋，臉頰還長了紫紅色肉疣。鼻子呢，爬著紅色血管，眼睛也布滿血絲。更別說脖子了，那脖子唷，噫——就連頭上披著的毯子也破爛骯髒。棕色上衣似垂頹的布袋，蓋著一對巨乳，小腹凸出，臀部臃腫。啊！真的比那老人恐怖多了！忽然，那傢伙開了口，喋喋不休，伸出手衝向列寧娜。福特呀！福特！真是太噁心了。再久一點列寧娜就要吐了。女人的小腹和胸部貼了上來，竟然就親了列寧娜一下。福特呀！親吻！弄得她一臉口水，而且那女人身上味道很重，根本沒洗過澡的樣子，渾身充滿了摻在戴爾它與愛普西隆族血液裡那種東西的味道（不，有關柏納的傳聞一定是假的），一定是酒精的臭味沒錯。列寧娜馬上掙脫開來。

女人哭了，一張臉因哭泣而扭曲，正對著列寧娜。

「唉，親愛的，親愛的。」啜泣夾帶了話語傾瀉出來：「你一定想像不到我有多開心。這麼多年了，還能再見到文明人的臉！還有文明人穿的衣服。我以為這輩子再也摸不到真正的人造絲了。」女人細細撫摸列寧娜的衣袖。指甲全是黑的。「還有這條人造天鵝絨短褲，真美！親愛的，你知道嗎？我的舊衣服，就是來這裡時穿的衣服，都還留著呢，收在一個盒子裡。等下我再拿給你看。不過，當然已經破了好幾個洞。我還有一條漂亮的白色子彈匣腰帶，喔，我得說你身上那條綠色的更美。不過，就是那條腰帶害慘了我。」她又淚如雨下，「我在這裡的處境，約翰應該都跟你說了吧。身上一克甦麻也沒有，只能偶爾喝喝梅斯卡爾酒，波貝來的時候總會帶酒。波貝是我以前認識的小伙子。不過酒醒之後都很難受。梅斯卡爾酒就是這樣。喝了烏羽玉仙人掌汁[4]之後也是，會覺得很噁心。隔天醒來只會更恨自己，覺得自己好丟臉。我真的好丟臉，想想看，我是貝塔族，竟然生了個孩子。要是你是我，會怎麼樣？」（光是想像這情景，列寧娜就發抖。）「但這一切不是我的錯，我發誓。我根本不知道怎麼會變成這樣。馬爾薩斯節育法我明明都按部就班做了，你也知道的，一二三四照步驟來。真的，我發誓。但結果還是這樣，而且這裡也沒有類似墮胎中心的地方。對了，墮胎中心現在還是在切爾西嗎？」列寧娜點點頭。「週二和週五還都會打上探照燈嗎？」列寧娜又點點頭。「那座粉紅色玻璃塔真美呀！」可憐的琳達仰起臉，閉眼回想著，沉浸在鮮明的記憶裡。「還有晚上的河水。」她低聲說著，緊閉的眼中滲出汨汨淚珠。「從史托克．波吉村搭飛機回家，洗個熱水澡，做一次真空振動按摩……可是你看……」琳達深吸一口氣，搖搖頭，睜開了眼，鼻子用力倒吸了一兩下，最後還是用手擤了鼻涕，塗在罩衫的裙襬上。「真不好意思。」

---

4 梅斯卡爾酒和烏羽玉仙人掌汁當中都有迷幻藥成分。

她看見列寧娜不由自主流露嫌惡的表情，趕緊致歉。「我真不應該這樣。抱歉。但這裡連手帕都沒有，我能怎麼辦呢？以前我也常常因為這樣不高興。這兒到處都是泥土，什麼都沒殺菌。我來的時候，頭受了傷，你絕對想像不到他們在我頭上敷了什麼。髒東西，是髒東西。『文明就是滅菌。』我一直這樣告訴他們。『G鏈球菌到班伯里T，乾淨浴廁有沖水馬桶。』像教小孩一樣。他們當然聽不懂。怎麼可能會懂？最後我反倒習慣了這樣的生活。畢竟，沒有熱水，要怎麼維持生活整潔？還有，看看這些衣服，這羊毛落後得很，完全不會壞，破了之後還得修補。我可是在授精室裡工作的貝塔族，沒人教過我怎麼修補衣服。這不是我該做的事。況且修補衣服本來就不對。衣服破了就該丟，就該買新的。『愈補愈窮』，不是這麼說的嗎？修修補補是反社會的。但這裡不是這樣。我簡直就是住在瘋人堆裡。他們的所作所為都很不正常。」琳達四處張望，看見約翰和柏納已經離開，在屋外的垃圾堆附近走來走去。雖然屋內只有她們倆，她還是壓低聲音，湊到列寧娜身邊。列寧娜整個人僵住，縮了一下，琳達太靠近了，近得都能聞到她身上那股毒害胚胎的酒臭。「譬如說，」她啞著嗓子低語，「他們怎麼尋找對象，我告訴你，那簡直就是瘋了。凡人皆屬他人不是嗎？難道不是嗎？」她拉著列寧娜的袖子追問。臉側向一邊的列寧娜點了點頭，把剛才憋的氣吐了出來，設法另吸一口比較新鮮的空氣。「在這裡啊，」琳達接著說道：「每個人都只能屬於一個人。如果你照常規，同時跟幾個人睡，他們就會覺得你很邪惡，破壞秩序。他們會恨你，討厭你。

有一次，一大群女人跑來這裡大吵大鬧，就因為她們的男人來找過我。到底為什麼不行呢？她們一個個衝向我……不，那件事太可怕，我不該再說了。」琳達雙手掩面，全身顫抖。「這裡的女人太可惡了，全瘋了，瘋狂又殘忍。馬爾薩斯節育訓練、胚胎瓶、脫瓶之類的事情，她們一概不懂。所以她們一直在生孩子，跟狗差不多，好噁心！再想到我自己……啊，福特！福特呀！約翰是我唯一的慰藉。沒有他，我不知道該怎麼在這裡活下去。不過他常常因為男人來找我而發脾氣，從他很小的時候就這樣。有一次，他比較大了，他差點殺了偉胡西馬，咦？還是波貝？因為我跟他們睡了好幾次。我努力想讓他明白這是文明人的正常行為，但沒有用。我想，瘋狂是會傳染的。總之，約翰似乎受了印第安人影響，也染上瘋狂了，因為他常常跟他們混在一起。不過他們對他很惡劣，也不允許他做其他男孩可做的事。這倒沒什麼不好，至少制約訓練他會更容易一些。你大概無法想像要訓練他有多難。人不知道的事情太多了，我也不該知道那麼多事情。要是小孩忽然問你直升機怎麼飛得起來，或者誰創造了世界，而你只是個在授精室工作過的貝塔族，你該怎麼回答？你拿什麼回答？」

08

柏納和約翰在屋外的塵土與垃圾堆旁（一轉眼，狗來了四隻），慢慢地走來走去。

「我真不能理解，」柏納說：「這裡的一切到底是怎麼一回事，我真的拼湊不出來。就好像我們活在不同星球、不同時代。母親、塵土、神祇、老化、疾病，」他搖搖頭，「簡直難以想像。我完全無法理解，除非你解釋給我聽。」

「要我解釋什麼？」

「這個。」柏納指著村落，再指向村外的小屋，「和那個。我想知道這裡的一切事物，還有你的生活。」

「可是要怎麼說呢？」

「從頭開始說，從你有印象開始說。」

「要從我有印象那時說起啊……」約翰皺著眉，沉默了好一會兒。

那天天氣很熱，他們倆吃了一堆玉米餅和甜玉米。琳達對他說：「過來躺著吧，寶貝。」他們便一起躺在一張大床上。「唱歌給我聽！」琳達於是唱起了歌，「G鏈球菌到班伯里T」和「再見寶寶班廷，很快你就要脫瓶」。歌聲漸漸微弱。

突然一聲巨響，他嚇醒了。有個男人站在床邊，身材魁梧，面目駭人。男人正在跟琳達說話，琳達笑了，把身上的毯子拉到下巴邊，但男人隨即往下扯。男人的髮猶如兩條黑繩，手臂上圈著一個漂亮的銀環，鑲有藍色寶石。約翰喜歡那只手環，但他還是害怕極了，趕緊把臉埋在琳達身上。琳達一手護著他，他安心多了。琳達用他還不大懂的另一種語言對男人說：「不行，約翰在這裡。」男人看了約翰一眼，又看著琳達，柔聲說了幾個字。琳達又說：「不行。」但男人朝著床上的約翰彎下腰，他的臉那樣大，大得可怕，黑髮辮垂到了毯子上。「就說不行。」琳達再說了一次，這回她把約翰攏得緊緊的。「不要！不要！」可是男人抓住了約翰一隻手臂，好痛！約翰大叫。男人伸出另一手從床上抓起約翰，琳達不死心抱緊他，嘴裡依舊嚷著：「不行，不行！」男人嘴裡擠出了幾個字，氣沖沖的，接著琳達的手就鬆開了。「琳達！琳達！」約翰邊踢邊掙扎，但男人把他抓到房門邊，開了門，將他放在隔壁房間地板中央，轉身就走，房門也被關上。約翰站起來，衝到門邊，踮腳搆到了木頭門閂，他抬起門閂用力推，但門怎樣就是不開。「琳達！」他大叫。她沒回話。

他還記得有個大屋子，裡頭很暗，擺著幾架木頭做成的東西，很大，上頭纏著許多線，許多女人圍著那些架子站著。在織毯子，琳達告訴他。琳達要他去旁邊跟其他小孩一起坐著等，她要去幫忙織毯子。他跟幾個小男孩玩了好一會兒。突然屋子裡說話的聲音大了起來，幾個女人用力把琳達推開，琳達則是滿臉淚水，走到門邊。約翰趕緊跟了上去，問她為什麼她們生氣了。「因為我弄壞東西了。」她回答，又忿忿不平地說：「編織這種討厭的粗活兒，我怎麼可能會？真是一群討厭的野蠻人。」約翰問她，野蠻人是什麼。他們倆回家時，波普已經在家門外等著，然後隨他們一起進屋。波普帶著一個大葫蘆，裝著很像水的東西。不過那不是水，味道很不好聞，喝了會覺得嘴巴像燒起來似的，還會一直咳嗽。琳達喝了一點，波普也喝了。琳達開始大笑，放聲說話，然後跟波普進了隔壁房間。波普走了之後，約翰才進房間，發現琳達躺在床上，睡得很沉，叫不醒。

那時波普常出入家裡。他說葫蘆裡裝的叫梅斯卡爾酒。琳達則說那應該叫甦麻，不過喝完後只會讓人難受。他恨波普，也恨那些會來找琳達的男人。有天下午，他和幾個孩子玩在一塊兒，他記得天氣好冷，山上有雪。他回到家，聽見臥房傳來一陣吵鬧，幾個女人說著他聽不懂的話。但他知道她們說的不是好話。忽然間，砰一聲，有東西被撞翻了。約翰聽見有人迅速走動，然後又一聲砰，接著傳來像是在抽打騾子的聲響，而且聽起來不太瘦。琳達尖叫：「啊！不要！不要！」於是他跑進臥房。琳達躺在床上，三個女人披著深色毛毯，一個扣住琳達手腕，第二個壓躺在琳達腿上，不讓她踢腿反抗，第三個則拿鞭子打琳達。一下、一下、又一下。鞭每落一次，琳達就哀嚎一聲。約翰哭了，去拽那女人披毯下緣，「求求你，求求你。」女人單手將約翰抱開，再度抽鞭子，琳達又痛叫。約翰兩手抓住女人棕色的大手，用盡全力啃下去。女人大叫一聲，用力一甩，將約翰摔倒在地，他還來不及爬起，她就揮了三鞭過去。那種疼，比什麼都痛，像火燒，他從沒有如此痛過。鞭子又簌簌甩下，但這回大叫的是琳達。

「她們為什麼要傷害你，琳達？」那天晚上他問起。他哭個不停，因為背上的鮮紅鞭傷痛得不得了，也因為他們竟然這樣野蠻跋扈，而他只是個小男孩，什麼都做不了。琳達也在哭，她雖是大人，卻沒有高大身材能對抗那三人。這環境對她來說實在不公平。「她們為什麼要傷害你，琳達？」

「我不知道。我怎麼知道呢？」她說的話他聽不大清楚，因為她俯臥在床上，整個臉埋在枕頭裡。她又開口：「她們說，那些男人是她們的男人。」但她似乎不是在跟他說話，反而像在對她心裡的某個人說。她哩哩啦啦說了一串，他聽不懂。說完，她又放聲大哭，哭得比以前都慘。

「別哭了琳達。不要哭。」

約翰貼著琳達，臂膀兜住她脖子。琳達大叫：「小心我肩膀，啊！」她大力推開約翰，害他一頭撞上牆壁。「你這小白癡！」她大吼，接著突然甩了他一巴掌，摑了又摑……

「琳達，」約翰喊著，「啊，媽媽不要打我。」

「我不是你媽媽，我也不要當你媽媽。」

「可是……琳達……啊！」她又在他臉頰上摑了一巴掌。

「我竟然變成野蠻人。」她吼著：「跟動物一樣，生下小孩……如果沒有你，我就可以去找檢查員帶我回去，我不必困在這裡。但有了小孩就完全沒辦法了，太丟臉了。」

他見她舉起手，以為她又要打他，於是舉起手護住臉，說：「不要打我，琳達，拜託不要打我。」

「你這小畜生。」他的手被她拽下，一張臉毫無屏障。

「拜託別打我。」他閉上眼，等著手掌落下。

但這回她沒打他。過了一會兒，他睜開眼，看見琳達正望著他。他試著擠出笑容，忽然間，琳達摟住了他，一次又一次不停親吻他。

琳達有時候會連著幾天傷心難過，躺在床上不起來。有時候她會喝波普帶來的東西，喝了就大笑一陣，又上床昏睡。有的時候她身體就是很不舒服。忘記替他洗澡是常有的事，留給他吃的東西只有冷玉米餅。她頭一次在他頭髮裡發現那些小蟲，驚呼連連，他到現在都還記得那樣子。

最幸福的時光莫過於當她告訴他異界那邊的生活。「真的可以四處飛行，想到哪就到哪嗎？」

「對，想到哪就到哪。」她說。那裡有一種盒子會自動撥放音樂，還有好多有趣的遊戲可以玩，更有好吃好喝的。只要朝牆上一個小東西一按，馬上就有燈光。有一種圖片，圖中世界看得到、聽得到、摸得到、聞得到。另外有一種小盒子，裝了很多很香的味道。有跟山一樣高的房子，什麼顏色都有，粉紅色、綠色、藍色，還有銀色的。在異界，每個人都很快樂，沒有人傷心憤怒。人人都屬他人。還有一種箱子，讓你看見也聽見世界上另外一頭的人發生了什麼事。異界的寶寶都裝在乾淨的瓶子裡。那裡一切都好整潔，沒有奇怪的臭味，也沒有塵土。沒有人會感到寂寞，大家全生活在一起，多麼快活開心，就像馬爾帕依斯的夏季祭典，但是愉快多了，每一天都非常幸福，每一天啊……一個小時又一個小時過去，他依舊認真聽著。還有一些時候，他跟其他孩子玩累了，就會聽村裡一個老人用另外一種語言說起造物者的故事，以及左手和右手、乾與濕之間的長期戰爭，還有阿翁納威婁納在夜裡思考時造成了濃霧，又從霧裡造了全世界。地母與天父、阿亥于塔和瑪賽利馬、孿生神戰爭和機運、耶穌與蒲康神、瑪利亞與那個讓自己回春的女神阿松納特莉，還有拉古納的黑岩、巨鷹以及阿寇瑪聖母……這些故事老人都說過。它們本來就很奇幻，又用他不太了解的那種語言來聽，半知半解之下，感覺更奇妙了。他會躺在床上想著天國與倫敦，阿寇瑪聖母與一排一排無菌瓶裡的寶寶，耶穌在空中飛翔、琳達也在空中飛翔，還有世界孵育中心的主任以及阿翁納威婁納。

有很多男人來找琳達。村裡的男孩開始對他指指點點，還以他們奇怪的語言說琳達的壞話。他們罵她，罵什麼他不太懂，但他知道不是好話。有一天，男孩們編了一首歌嘲笑琳達，唱了又唱、唱了又唱。約翰朝他們扔石頭，他們也反擊。有一塊石頭劃破他臉頰，血流不停，他全身都是血。

琳達教過他怎麼認字。她撿了一塊木炭在牆上畫畫，畫了一隻坐著的小動物，還有個裝在瓶子裡的嬰兒。接著她寫下幾個字：貓兒墊上坐、嬰兒盆裡窩。他很快就學會了。他學會了琳達寫在牆上的每一個字之後，琳達拿出她的大木箱，箱子裡有幾條她從沒穿過的紅色長褲，樣式古怪。自長褲下面，琳達抽出一本書，很薄。那書他之前見過。琳達曾對他說：「等你再大一點，就可以讀這本書了。」看來現在已經夠大了，他滿心得意。「我怕你會覺得這本書很無聊。但我手上也只有這本了。」琳達嘆氣。「可惜你沒機會見識我們在倫敦用的閱讀機有多棒。」他開始閱讀這本書。

《胚胎之化學及細菌制約訓練：貝塔族胚胎貯存室工人作業手冊》。光書名他就讀了十五分鐘，氣得把書扔到地上，說：「討厭！討厭的爛書！」說完就哭了。

村裡的男孩還是常常唱那首嘲弄琳達的歌。有時候他們也會笑他身上衣服破破爛爛。他要是弄破衣服，琳達也不知道怎麼縫補。她告訴他，在異界，只要衣服一有破洞，馬上就扔掉再買新的。「小破布！小破布！」其他男孩常這樣喊他。「但我會認字，他們不會。」他對自己說。「他們連看書是什麼都不知道。」當他全心想著看書認字，就比較容易假裝不在乎他們的嘲弄。於是他又跟琳達要了那本書來看。

村裡的男孩愈是愛指指點點、唱歌嘲弄，他就讀得愈認真。沒多久，書裡的字他幾乎全認得了，就連最長的幾個字都認得，但它們是什麼意思？他問過琳達，琳達常常不知怎麼回答，即使會回答也是含含糊糊。

「化學品是什麼？」他問。

「嗯，就是鎂鹽之類的，或是酒精，可以讓戴爾它和愛普西隆族長得矮小遲鈍，還有骨骼發育需要的碳酸鈣，總之就是這一類的東西。」

「那化學藥品怎麼來的？從哪裡來？」

「呃，我不知道。通常要用就從瓶子裡拿。瓶子空了，就去化學品儲藏室要。應該是化學品儲藏室負責製造的吧，我猜啦。又或者是他們派人去工廠拿的吧。我還真的不知道。化學這玩意我從來沒碰過，我的工作只跟胚胎有關。」

他再問起其他的事，得到的回答也差不多。琳達似乎什麼都不大清楚。反而村裡的老人能給他很明確的答案。

「人類與萬物的種子，太陽土地天空的種子，都是阿翁納威婁納從濃霧創造出來的。世上共有四個子宮，他把所有種子埋在最底層的那個子宮裡，然後種子就漸漸長大……」

有一天（據約翰推估，大概是他過了十二歲生日沒多久）他回家，發現臥房地上有本書，又厚又舊，他從未見過，封皮已被老鼠啃得破破爛爛，有些頁面已經脫落捲皺。他拾起來看，書名叫做《威廉．莎士比亞全集》。

琳達躺在床上，啜著杯裡的梅斯卡爾酒，說：「波普拿來的。」琳達的聲音粗啞，活像別人的聲音。「從羚羊祭壇那邊的一個箱子裡找到的。放在那邊應該有幾百年了。我也這麼認為，因為我看了一下，裡頭寫的全是一些莫名其妙的東西。沒文化的東西。但話說回來，讓你用來練習看書認字也夠了。」她吞下最後一口酒，順手把酒杯朝床邊地上一擺，翻了身、打了嗝之後就睡了。

約翰隨手翻開一頁。

不，只活在
汗液涔涔的被褥之上
腐敗之中，恩愛纏綿
如在骯髒豬圈[1]

在他心中，這些古怪的文字開始隆隆作響，好似夏日舞祭的鼓聲，要是鼓聲能化為文字的話；也像村裡男人唱的玉米頌，美得令人掉淚；就像老隱士密西馬拿著他的羽飾、紋杖、碎骨和碎石喃喃唸咒kiathla tsilu silokwe silokwe silokwe. Kiai silu silu tsith![2]，但這些文字比那咒語更加魔幻，因為它們會對著**他**說話，半知半解之中，對他說著各種故事：說到琳達，說到琳達躺在床上打鼾，說到床邊地上的空杯，也說到琳達和波普、琳達和波普……

他恨波普，愈想愈恨。明明看來一臉笑容，卻是個壞人。最不要臉、不忠貞、好淫欲的那種壞

1 莎士比亞《哈姆雷特》，第三幕第四景。

2 此為祖尼語。本書之祖尼語多取自人類學者法蘭克・庫辛（Frank H. Cushing）的《祖尼民俗故事》（*Zuni Folk Tales*）。但赫胥黎所引用者，其用意與祖尼語實際意義與用法都有出入。故在譯文中保留不譯。

人。這些字詞到底是什麼意思？雖然半知半解，卻對他有如此魔力，在他腦海往返盤旋不斷。從前，他彷彿不曾真正恨過波普，因為他沒有足以描繪心中憤恨的語彙。而今，有了這些詞，如同鼓聲歌聲一般力量強大的詞彙，情況就不一樣了。這一個個詞語，還有孕育這些詞彙的故事（他雖無法徹頭徹尾讀懂，但那故事依舊令他十分著迷），有了這一切，他就有了怨恨波普的依據。有了這一切，他的憤恨終於有了形體，波普的形象也連帶跟著鮮明具體了起來。

一天，他在外面玩耍，回家後發現裡面房間的門沒關，他看見琳達和波普一塊兒躺在床上睡覺。波普睡在一身白皙的琳達身邊，顯得特別黝黑。他一手環著琳達的肩，一手棲在琳達胸上，一條長辮子蜷伏在琳達喉嚨，好似欲將獵物纏繞窒死的蛇。床邊地上立著波普的葫蘆和酒杯。琳達呼呼大睡。

他的心不知去了哪兒，胸口彷彿破了個洞。整個人好空，又虛又冷，頭昏眼花。他趕緊靠牆站著，穩住搖晃的身軀。不要臉、不忠貞、好淫欲……這些詞不斷不斷出現在他腦海，像鼓聲、像男人唱著玉米頌、像魔咒喃喃不絕。原是一身冷汗的他忽然全身發燙，血液滾燙燒上臉頰，眼前的房子旋轉了起來，一片黑暗籠罩視野，他咬牙反覆說著：「我要殺了他，我要殺了他。」接著，更多話語湧出：

趁他醉酒酣眠、趁他怒火蔓延
趁他床笫間不倫纏綿[3]

此刻，魔法與他同在，咒語導引著他。他退到外頭的房間，「趁他醉酒酣眠……」。火爐邊，切肉刀橫在地上。他拾起刀，躡手躡腳進了房間。「趁他醉酒酣眠、醉酒酣眠……」他快步上前，用力一刺，喔，都是血！再一刺，波普從夢中驚醒，約翰拔刀打算再次揮下，但手腕卻被一把抓住，就快被扭斷。他動彈不得，進退兩難。波普湊上臉，一雙小眼盯著他。他別過頭不理。波普左肩上有兩個傷口。「天呀，流血了！」琳達大叫，「流血了！」她從來都受不了看到血。波普舉起另一隻手，是要打他吧，他心想。約翰於是挺直身子，準備挨打。但那隻手卻只是按住約翰下巴，扭過他的臉，強迫他看著波普的眼睛。兩人互望了好一會兒，彷彿幾個小時那麼久。忽然，他再也撐不下去了，哭了起來。波普大笑，用印第安語說：「到旁邊去吧。去旁邊玩吧，小勇士。」約翰鑽進隔壁房間，不想讓人看見他的淚。

3　莎士比亞《哈姆雷特》，第三幕第三景。

「你十五歲了，」老密西馬說著印第安語，「可以學怎麼弄黏土了。我教你。」

兩人蹲在河邊，一起動作。

「我們先做一個小月亮。」老密西馬雙手抔起一把濕黏土，把土拍成盤狀，捏起盤邊，月亮就成了個淺杯子。

老人手法熟練，約翰慢慢跟著，動作有些笨拙。

「做好月亮，捏成杯子，現在來做一條蛇。」老密西馬又拿了黏土，搓成柔軟的長條，圍了一圈搭在杯緣捏合。「然後，再捏一條蛇。還要一條，再一條。」一圈又一圈，老密西馬弄出了陶罐的樣子。細窄的罐身，中間凸出，瓶頸又變窄。老密西馬又捏又拍，又刮又打，最後，一個常見的馬爾帕依斯水罐出現在兩人眼前，不是往常那種黑的水罐，而是白的，像奶油一般白，摸來依舊軟綿。約翰也做好了一個，兩個罐子放在一起，他的只有三分像。約翰看著，不禁笑了出來。

「做第二個會更好。」他說完立刻再捏一塊黏土，把它弄濕。

創造，塑形，慢慢感受手指變得靈巧、有了力量，這令他十分快樂。「ＡＢＣ維他命Ｄ，」他一邊捏土一邊唱：「脂肪肝中留，鱈魚海中游。」老密西馬也唱了一首獵熊的歌。兩人就這麼捏了一整天土，而他整天都沉浸在濃烈的歡愉中。

「等明年冬天，我再教你做弓箭。」老密西馬說。

他在屋外站著，著實等了好一會兒。儀式終於結束了。門一開，他們倆走了出來，柯索盧先出來，伸長右手，手心緊緊扣著什麼，彷彿握著寶石。卡齊美跟在後，她的手也伸前緊握著。兩人默默走出屋外，在他們身後，手足表親與族裡的老人也靜悄悄跟了出來。

一行人走到村外，一路穿過台地，在崖邊停下腳步，眾人一起迎著初升的朝日。柯索盧張開手心，手掌上是一把白色粗玉米粉。他朝玉米粉吹了口氣，口中唸唸有詞，接著把那一把白朝旭日撒去。卡齊美也跟著照做。卡齊美的父親手中握著羽毛祈禱杖，走向前，唸了一長串禱文，然後把祈禱杖拋向玉米粉的去處。

「結束了。」老密西馬高聲宣告：「他們倆正式成婚。」

「哼，」他們轉身回去時，琳達說：「我只能說，他們大費周章，不過就為了這件小事。在文明的地方，當男孩想擁有女孩，只要……約翰，你要去哪裡啊？」

琳達喊他，但他不理，只是不停地跑，跑到好遠好遠的地方，自己一個人待著。

結束了。老密西馬的話在他心中不斷反覆。結束了，結束了……一直以來他都愛卡齊美，雖然他從不說，但他愛她，那樣強烈、那樣急切、那樣令人絕望。而今，一切都結束了。這年，他十六歲。

滿月時，羚羊祭壇是祕密的起點，祕密在此訴說、實現。男孩要走入祭壇，出來時就變成男子漢。村裡的男孩們都有點害怕卻又等不及。終於，這一天來臨了。太陽落下，月亮升起。他跟著大家一起去。男人們站在祭壇外，梯子往下伸入隱隱紅光的深處。領頭的幾個男孩已經爬下去又上來了。忽然，有個男人走上前來，拽著他的手，把他拖出隊伍外。他好不容易掙脫擠回原來的位置，男人又上前打他一下，扯他頭髮，說：「你不行，你這白頭髮的！」另一個男人幫腔：「狗娘養的不可以參加。」在場的男孩全都笑了。「滾！」他仍在隊伍附近遊蕩。他們對他叫：「滾開！」有一個人彎身撿了塊石頭，朝他扔了過來。「滾！滾！滾！」接著，石如雨下。他淌著鮮血鑽進一片漆黑之中。紅光籠罩的祭壇傳出歌聲。隊伍裡最後的男孩也爬下梯子了。只有他，自己孤零零一個人。

一個人，站在村落外，在貧瘠的台地上。月光下，巨岩有如褪色白骨。山谷下，土狼成群嗥嘯。身上的傷很痛，傷口的血也還流個不停。但他哭不是因為身體疼，而是因為只有他自己一個人。他總是被排擠在外，在岩石與月光交錯的骨白世界裡，孤零零的。他在懸崖邊坐了下來。月亮在他身後，他望著台地深黑的陰影，望著死亡的陰影。只要一跳，輕輕一跳……月色中，他伸出右手。手腕上的傷口依舊鮮血汩汩。每隔幾秒，血就滴一下，死白的月色中，血液彷彿也失了顏色。

一滴一滴，又一滴。一天一天，又一天……

那一刻，他發現了時間、死亡與神靈。

「一個人，總是一個人。」年輕人這麼說著。

這個詞在柏納心中敲起一陣哀愁的迴響。一個人，一個人……「我也一樣。」他的心裡話忽然脫口而出。「好孤單。」

「你也是嗎？」約翰一臉詫異。「我還以為在異界……我是說，琳達總跟我說，在那裡，沒有一個人覺得孤單。」

柏納紅著臉，面色尷尬，說：「只能說我跟多數人不大一樣。」他吞吞吐吐，眼神閃爍，「只要你跟別人不同……」

「沒錯，說對了！」年輕人點頭道：「只要與眾不同，就注定孤獨一身。他們總是對孤獨的人很壞。你知道嗎？他們什麼都不讓我做。村裡其他男孩被送到深山裡過夜，要去夢中尋找自己的動物靈，他們也不讓我一起去。他們什麼祕密都不告訴我。不過我還是靠自己辦到了。」他接著說：「整整五天，我什麼也沒吃。有天晚上，我一個人走進那邊的深山裡。」他指著。

柏納同情地對著他微笑，問：「你夢到什麼了嗎？」

約翰點點頭，「但我無法告訴你。」沉默了一會兒，他又低聲說：「有一回，我想做一件別人都沒做過的事情：我在夏日正午靠在大石頭上，雙臂攤開，像十字架上的耶穌那樣站著。」

「這是要幹嘛？」

「我想知道被釘在十字架上是什麼感覺。被架在烈日之下……」

「為什麼要這樣？」

「你問為什麼？只能說……」他猶豫了一下，才開口說：「我就覺得自己應該這麼做。我想耶穌都能承受這種痛苦。還有，自己犯下的罪……還有，因為我總是不開心。」

「用這種方法來治癒你的不開心，也太古怪了。」柏納說。但仔細想了想，他覺得也不無道理。總好過吃甦麻……

「後來我昏了過去。」年輕人說。「正面倒下。割傷了這裡，有個疤你看見了嗎？」他撥起額頭上的黃髮，一道淺色的疤，扭曲地攀爬在右太陽穴上。

柏納看了一眼，隨即避開視線，打了個冷顫。制約訓練之下，同情心不敵噁心。光是談及病痛就能令他害怕，外加反胃噁心。就和他對塵土、畸形、老化的反應一樣。他立刻轉移話題。

「不知道你願不願意跟我們一起回倫敦？」他問道。打從在小屋裡猜到年輕野蠻人的「父親」是誰，他就開始盤算這一切。此刻，他下了第一步棋。「你願意嗎？」

年輕人的臉亮了起來，「你說的是真的嗎？」

「當然是真的。前提是上頭許可的話。」

「琳達也可以去嗎？」

「這個嘛……」他滿心猶豫。那傢伙那麼噁心！不，絕不可能帶她一起。除非，除非……突然間，柏納想到，就是因為那傢伙那麼噁心，反倒可能帶來好處。「當然可以！」他刻意大聲親切地說，好掩蓋剛剛的猶豫不決。

年輕人深吸了口氣，說：「想不到那就要成真。我一輩子的夢想啊。你還記得米蘭達說的話嗎？」

「誰是米蘭達？」

這問題，年輕人顯然沒聽見。他目光熠熠，滿面紅光說著：「啊！美麗的新世界，有這樣美妙的人兒在裡面。人類多麼美！[4]」那一瞬間，他的臉漲成深紅，因為他想起了列寧娜，那個穿著酒瓶綠醋酸纖維夾克的天使，臉上的妝容閃著青春光芒，曲線玲瓏，笑容那樣天真無邪。他激昂說著：「啊！美麗的新世界。」忽然，他停住了，臉頰上的紅潮瞬間退去，面白如紙。「你跟她結婚

4　莎士比亞《暴風雨》，第五幕第一景。

了嗎？」他問。
「我，什麼？」
「結婚了嗎？就是，『永遠』跟她在一起嗎。印第安語裡的『永遠』，是無法破除的意思。」
「我的福特呀，才沒有。」柏納忍不住笑了。
約翰也笑了，但原因不同——那是出自真心喜悅的笑容。
「啊！美麗的新世界。美麗新世界，有這樣美妙的人兒在裡面。我們馬上出發吧。」他說著。
「你說話的方式有時候還真奇特。」柏納盯著年輕人，覺得怎麼有人如此奇妙難解，「不過，你是不是該等到真正看見新世界之後再說呢？」

09

經歷了一整天的詭異驚懼，列寧娜覺得自己的心該好好徹底放個長假。一回到度假小屋，她立刻吞下六顆半克的甦麻，在床上躺著。不到十分鐘，她已經神遊月球，來場深度旅行。她回到現實至少要十八個小時之後了。

此刻，柏納則躺在一片黑暗中，雙眼未闔，思索著。他睡著時，早已經過了大半夜。大半夜無眠，倒也不是沒有收穫，至少心中有了盤算。

隔天一早十點整，身著綠色制服的黑白混血司機準時走下直升機。柏納在龍舌蘭叢旁等著。

「克勞恩小姐服了甦麻，五點之前不會醒來。我們還有七小時。」他解釋。

他可以先飛到聖塔菲，把該辦的事情辦好，再飛回來馬爾帕依斯接她，時間綽綽有餘。

「她自己在這裡安全嗎？」

「跟搭直升機一樣安全。」混血司機向他保證。

兩人爬上直升機，立刻起飛。十點三十四分，他們降落在聖塔菲郵局屋頂。十點三十七分，柏納連繫上倫敦白廳的世界管理者辦公室。十點三十七分，他跟管理者閣下的第四私人祕書通上話。十點四十四分，他跟首席祕書複述著事情經過。十點四十七分半，電話那頭傳來穆斯塔法‧蒙德低沉洪亮的嗓音。

「我大膽推測，」柏納結結巴巴地說：「閣下您會認為這件事有一定的科學價值。」

「這確實有科學價值。」那低沉的嗓音說著：「你就把那兩人帶回倫敦來吧！」

「想必您也知道，如此一來，我需要特別許可……」

「必要文件現在正送去給保留區區長。你立刻就去找他。再會，馬克斯先生。」

電話那頭沒了聲音。柏納掛上話筒，急急忙忙回到屋頂。

「載我去區長辦公室。」他對混血司機說。

十點五十四分，柏納跟保留區區長握手見面。

「幸會，馬克斯先生，幸會。」區長那砲聲隆隆的嗓音顯得畢恭畢敬。「我們剛剛接到特別命令……」

「我知道。」柏納打斷他的話。「我先前跟管理者閣下通過電話了。」他語氣不耐，好似暗示他已習慣天天跟管理者閣下說話。他坐進椅子，「麻煩你手續盡量辦得快點，愈快愈好。」他刻意強調了一下，對這一切樂在其中。

十一點零三分，所有必要文件都在他口袋裡了。

「那麼再會了。」他對送他到電梯門的區長說，語氣如施大恩一般。「再會。」

他走路回飯店，洗了澡，還好好享受了飯店的真空振動按摩機、電解質刮鬍刀，聽了晨間新聞，又看了半小時電視，悠悠哉哉吃了午餐，兩點半才讓司機送他回馬爾帕依斯。

年輕人站在度假屋外。

「柏納，」他大喊：「柏納！」但沒人回話。

他踏著鹿皮鞋，不聲不響跑上樓梯，試著開門看看。門鎖著。

他們走了！都走了！他沒遇過比這更悲慘的狀況了。她還說要他過來看他們，現在卻人去樓空。他跌坐在階梯上，哭了起來。

過了大半個小時，他才想到往窗裡探一探。他先看見一只綠色行李箱，蓋上寫著箱子主人的姓名縮寫L. C.，心裡忽然湧現一股欣喜。他撿了顆石頭；玻璃碎片在地上輕響；沒一會兒工夫，他已經進到屋裡。他掀開列寧娜的綠色行李箱，香水味撲鼻而來，她的神魂竄進他的肺裡。心狂跳不已，有那麼一瞬間，他以為自己就要昏過去了。他接著彎下身，撫摸這珍貴的箱子，抬起來對著光線仔細瞧了瞧，檢視裡頭的物品。列寧娜多帶了一條人造天鵝絨短褲，褲子上的拉鍊起先讓他大惑不解，忽然他摸索出怎麼用了，十分開心。拉下、拉上、再拉下、再拉上，他簡直著迷了。還有列寧娜的綠色拖鞋，他從沒見過這麼美的東西。他又攤開一件衣服，原來是連身內衣褲，他羞紅了臉，趕緊放到一旁。他拾起一條灑了香水的醋酸纖維手帕，用力親吻著，接著拿了一條披巾繞在自己頸上。他打開一個盒子，散出了一團粉霧，香氣四溢，並且沾上了手掌手指，於是往胸前、肩膀、裸露的手臂上胡亂塗抹。這香味真迷人！他閉上眼，用沾上粉末的手臂輕輕在臉頰上搓揉著。柔絲般的皮膚滑過他臉頰，一鼻子麝香香氣——就好像她親身降臨一樣。「列寧娜，」他輕聲呼喊：「列寧娜！」

一個聲響嚇得他回過神來，他滿心愧疚，趕緊把他不該碰的東西全塞回箱裡，立刻關上，然後仔細聽著、四處張望。沒有人聲，毫無動靜。可是他確實曾經聽見了什麼，像是嘆息，又像是木板咯吱作響。他輕手輕腳走到門邊，小心翼翼開了門，發現一個寬大的樓梯間，另一端還有一扇門，半掩著。他走了過去，輕推門把，向內偷看。

裡頭有張矮床，床上被子掀開，列寧娜身穿粉紅色連身拉鍊睡衣，枕著一頭鬈髮，正沉沉睡著。那粉嫩腳趾與莊嚴臉龐像孩子一樣迷人，軟綿無力的手腳顯得多麼無助天真。他看得淚水盈盈。

他極其小心地進了房間，其實大可不必。藥效沒過，除了中槍，沒有事物能把列寧娜從甦麻世界中喚醒。約翰跪在床邊，凝視著，雙手互握，嘴唇開啟，「她的雙眼，」他細聲說：

她的雙眼、頭髮、臉頰、步履、聲音，
言談中盡是，哦！在她的玉手前，
白成了墨黑，
而無地自容。輕輕一握
柔軟竟勝天鵝絨。[1]

一隻蒼蠅在她身邊徘徊，他揮走了。「蒼蠅，」他又想起：

輕觸茱麗葉那白皙玉手，
趁隙自嬌唇上偷走永恆恩澤，

1 莎士比亞《特洛伊羅斯與克瑞西達》，第一幕第一景。

那唇，純潔如處子

上下唇瓣，相吻，亦似犯錯

所以緋紅。[2]

緩緩地，他伸出手，動作帶點遲疑，彷彿伸手要摸的是隻羞怯卻仍帶野性的鳥兒。他的手在空中微微顫抖，緩緩探上前去，距離鬆軟的指頭不到一吋，眼看就要碰到了。但他真的敢碰嗎？真敢以他那雙不潔的手褻瀆嗎？……不，他不敢。還是太危險了，那鳥兒。他抽回手。她真的太美了！真的好美！

霎時，他腦中浮現個意念：只要他拉住她頸子上的拉鍊頭，用力往下拉到底……他趕緊閉上眼、甩著頭，就像狗游水後猛甩耳朵那樣。多可惡的想法！他真是羞愧。純潔如處子……

空中有一陣嗡嗡聲。莫非又是哪隻蒼蠅想來一親這神聖的恩澤嗎？還是胡蜂？他四處張望，什麼也沒發現。嗡嗡隆隆愈來愈響，似乎從破掉的玻璃窗外傳來。是飛機聲！他急急忙忙站起來，衝回隔壁房間，跳出窗外，沿著龍舌蘭叢間的小徑跑了過去，恰好碰上剛下直升機的柏納．馬克斯。

---

2 莎士比亞《羅密歐與茱麗葉》，第三幕第三景。

10

布盧茨伯里中心的四千個房間裡的四千只電子鐘，指針同時指向兩點二十七分。「這個工業的蜂窩」（主任最喜歡這麼說）正在嗡嗡工作著，中心裡沒有人閒著，一切都在軌道上井然有序運作。顯微鏡下，精蟲猛力擺動長尾，一頭鑽進卵子裡。卵細胞受精後就成長、分裂，要是受過波康諾夫斯基程序，則會出芽，繼而不斷分裂成一大批獨立胚胎。電扶梯自社會地位預定室轟隆隆向下降入地下室。在那兒，一片深紅悶熱之中，胚胎穩穩落在豬腹膜上，自人造血與荷爾蒙汲取養分，不斷成長；胚胎也可能在途中以毒抑制，停止發展，繁衍成愛普西隆人。輸送帶上的架子發出細微的嗡嗡吱吱聲，以難以察覺的速度一週復一週緩緩前行，經歷彷彿永世的黑暗之後，終於在脫瓶室，新生嬰兒們離開瓶子，發出第一聲驚懼的叫喊。

次地下室裡的發電機嗚嗚響著，電梯上上下下。占地整整十一層樓的育嬰部，現在正是哺育時間。一千八百個標定好社會地位的嬰兒，同時從一千八百個奶瓶吸著消過毒的體外分泌物，每人一品脫。

育嬰室之上，連續十層樓是宿舍。年齡還小、仍需午睡休息的小男孩、小女孩，也跟中心其他人一樣沒閒著，只是他們本身並不知道，他們正無意識地聽著衛生、社交、階級意識與幼兒情愛生活等睡眠學習課程。宿舍上面還有遊戲室，由於天氣由晴轉雨，九百個年齡稍長的小孩玩著積木、捏黏土、找拉鍊、性遊戲。

嗡嗡嗡、嗡嗡嗡，蜂巢忙碌而快活。打理試管那些年輕女孩的歌聲，社會地位預定員工作時的口哨聲，脫瓶室裡風趣笑話惹來的清脆笑聲，清亮勝過空瓶碰撞的聲響，聽起來多麼快樂。然而，跟亨利．佛斯特一同踏入授精室的主任卻是一臉僵硬沉重，表情嚴肅。

「我要當眾來個下馬威。」他說：「就在這個房間，因為全中心就屬這裡有最多高階員工。我交代過了，要他兩點半來。」

「其實他工作做得挺不錯的。」亨利說，裝出很有肚量的樣子。

「我明白。但那也讓他的問題顯得更嚴重。他有卓越的智識，就承擔著相應的道德責任。一個人愈有才華，就愈有可能走偏了路。他一個人痛苦總比許多人跟著走偏好。佛斯特先生，冷靜想想，你會發現最可恨的莫過於不照規矩來的種種行徑。就拿謀殺來說好了，不過就殺了一個人。一個人又算什麼呢？」主任指向一排排顯微鏡、試管和孵育箱說：「我們輕輕鬆鬆就能造出一個人來，想要幾個就造幾個。違常的舉動影響的可不只一個人，而是會深深撼動社會的根基。沒錯，撼動社會的根基。」主任再說了一次。「啊，他來了。」

柏納進了孵育室，穿過一排排孵育員中間，走向他們倆。一股虛有其表的自信稍稍掩蓋了他的不安。他說「主任早」時，音量顯然過大。「您要我來這裡找您是嗎？」為了彌補，他聲音又變得異常尖細。

「沒錯，馬克斯先生。」主任趾高氣昂地說著：「我是要你來這裡找我。我知道，你昨晚才剛度完假回來。」

「是的。」柏納回答。

「是的——」主任重複他的話，還刻意拉長了尾音，好似蟒蛇吐信。忽然，他提高音量：「各位！各位同仁！」

處理試管的女孩哼的歌停止了，顯微鏡操作員的口哨聲也停了。整間屋子只剩一片靜默，沉甸甸的靜默。大夥兒都轉過頭來。

「各位同仁，」主任說：「抱歉打擾大家工作。我這裡有件不得不處理的麻煩事。我們社會受到威脅，可能不再安全穩定。沒錯，不再安全穩定。就是因為這個人，」他指著柏納控訴：「站在各位面前的這個人，一個艾爾發正族，享受了社會所賦予的眾多資源。照理說，他也應對社會有同等貢獻。但你們的這位同仁，或者我該說是『前』同仁？總之，他背叛了社會所賦予他的信任，老是針對體育活動與甦麻提出異端言論，性生活不按常規，拒絕遵從吾主福特的教誨，下了班之後也不願意舉止『像個瓶中嬰孩』。」（話說到此，主任在胸前比劃了T字）「這一切足以證明，他是社會的公敵，是秩序與穩定的仇敵，是文明的罪人。因此，我認為應該要開除他，馬上撤掉他在中心的職務，把他降轉到次級中心，離各大重要的人口中心愈遠愈好。如此懲處，正是為了社會公眾利益。到了冰島，他的種種作為就很難有機會帶壞別人。」主任稍微打住，兩臂交叉，意氣風發地轉向柏納說：「馬克斯，我要這樣辦你，你還有什麼理由能辯駁嗎？」

「有，我有。」柏納大聲回答。

主任有些錯愕，但仍不減威儀地說：「那你就說吧。」

「好。但請等一下。」柏納急忙走到門邊，一把開了門。「進來吧。」他命令道。接著，他為自己辯駁的理由就這麼活生生走到眾人眼前。

室內有人驚呼，有人竊竊私語又驚又懼，有個女孩尖叫了一聲，還有人為了站到椅子上看個清楚，把滿滿兩試管的精液打灑。在一個個年輕緊實的肉體與一張張五官端正的面孔之中，出現了一個約莫中年，身材臃腫下垂的詭異怪物。琳達賣弄風情地笑著，無奈卻是殘缺失色的笑；步伐搖曳，卻沒生姿，只見肥臀擺盪。柏納陪她走來。

「他就在那。」他指著主任說。

「你以為我會認不得他嗎？」琳達憤慨地說，轉向主任，「我當然忘不了你，托馬金。不管你在哪裡，身邊圍著幾千個人，我都能認出你。或許你已經忘了我。你還記得嗎，托馬金？你還記得嗎？我是你的琳達。」她站著看著他，側著頭，臉上笑容依舊。但面對主任一臉厭惡不屑，她臉上的笑容節節敗退、消散、了無蹤影。「托馬金你不記得了嗎？」她顫顫地問著，雙眼盡是焦急痛苦，布滿肉疣鬆垮的臉糾成一團。「托馬金！」她伸出雙手。有人竊笑起來。

「幹嘛開這種恐怖的……」主任開口。

「托馬金！」她趨身向前，披毯在身後飄起，兩手環住主任的頸子，埋首在他胸前。

眾人一陣止不住的爆笑。

「幹嘛開這種恐怖的玩笑？」主任大吼。

他滿臉通紅，極力想掙脫琳達的擁抱。琳達情急之下，抱得愈緊。「但我是琳達呀，是我呀，琳達。」笑聲淹沒了她的聲音。「你讓我生了一個孩子！」她奮力大喊，壓過眾人喧囂。室內忽然陷入一片寂靜，侷促不安。大家眼神四處迴避，不知該往哪裡看。主任的臉霎時失了血色，他動也不動，直直站著，握著她的手腕，憂懼地看著。「沒錯，我們有個孩子。我就是那傢伙的母親。」

她丟出這句不堪入耳的話，挑釁這片靜默。突然，她推開了他，雙手掩面啜泣，實在丟人呀，丟人呀。「錯不在我。托馬金。我一直按照規定行事啊，不是嗎？不是嗎？我不知道這是怎麼一回事……你不曉得有多可怕，托馬金……但無論如何，那孩子給我很大的安慰。」然後她轉向門外呼喚：「約翰！約翰！」

他立刻進來，起先在門邊張望了一會兒，接著便踩著輕軟的鹿皮鞋快步越過室內，在主任面前雙膝跪地，清晰地喊道：「我的父親！」

這低俗猥褻的詞反倒緩解了授精室裡的緊繃氣氛（「父親」一詞並沒有懷孕產子那種不正常、令人厭惡的意涵，充其量不過是粗話罷了）。笑聲迸發開來，聲浪澎湃，近乎歇斯底里，一陣接著一陣，似乎永無止息。我的**父親**！主任竟然是父親！父親呀！喔，福特呀福特！這真是太好笑了。人人狂笑大吼，淚水直流，面容扭曲到都快裂開了。六支裝滿精液的試管又打翻了。我的**父親**！

主任一臉死白，瞪大雙眼看著他，眼神中痛苦、不解、羞愧交雜。

我的**父親**！笑聲原本看似漸漸止息，又重新爆發，愈發響亮。主任摀住雙耳，衝出房間。

11

授精室那件事之後，全倫敦的上等人都急著想瞧瞧這個人，因為他竟然在孵育制約中心主任面前（或者該說是前主任，因為事情發生後他立刻辭職走人，再也沒踏進中心一步），砰然下跪叫他「我的父親」（怎麼可能有這麼好笑的事情）。相較之下，琳達不受矚目，完全沒有人想去看她。稱呼一個人為母親，已經不算玩笑話，而是淫穢了。再說，她跟大家一樣從瓶子裡孕育出生，受過制約訓練，稱不上是真正的野蠻人。重點是她的樣子，那才是人們不想見到琳達的主因。肥胖臃腫，年華逝去，一口爛牙配上一臉肉疣，還有那身材（福特呀！）。看著她哪可能不覺得噁心？沒錯，多麼噁心。就這樣，上等人下定決心，絕對不要見到琳達。至於琳達也不渴望見人。回歸文明世界讓她回到甦麻的懷抱，可以躺在床上享受一趟又一趟的太虛之旅，醒來後既不會頭痛，也不會想吐，更不會有喝了仙人掌汁之後那種感覺，覺得自己幹了什麼對不起社會的事而抬不起頭。甦麻沒有討人厭的花招，它帶來的假期完美無缺，要是醒來後的那個早上覺得不順心，那也不是甦麻本身有問題，而是現實遜於那完美的假期。解決方式就是一劑接一劑，讓假期不中斷。琳達的胃口愈來愈大，吵著要更大的劑量，次數也愈來愈多。起初蕭醫生拒絕，但後來就隨她了。一天下來，她可以吃上二十克。

「這樣一來，她大概只剩一兩個月了。」醫生私下告訴柏納，「哪一天，呼吸中樞一麻痺，呼吸就停了，她就再見了。但這也是好事。如果我們能讓人回春，當然不用走到這一步，可惜我們辦不到。」

出乎大家意料（琳達去享受甦麻假期，就完全不礙事了），約翰不贊成這麼做。

「你給她這麼多甦麻，不就是加快她死亡嗎？」

「你說的沒錯。」蕭醫生坦承，「但從另一方面來看，我們其實延長了她的性命。」年輕人有些詫異，醫生繼續說道：「甦麻會使人失去幾年的時光，但想想看，它能帶人脫離時間軌道，進入廣袤無垠的世界。每一次甦麻假期就是人類祖先口中所謂永恆的一部分。」

約翰開始懂了。「永恆存於雙眼雙唇之中[1]。」他喃喃自語。

「什麼？」

1 莎士比亞《安東尼奧與克莉奧佩特拉》，第一幕第三景。

「沒什麼。」

「當然了，如果人手上有重要工作，就不能恣意耽溺於永恆之中。但她又沒什麼重要的事好做……」

「就算如此，我還是覺得這麼做不對。」約翰堅持道。

蕭醫生聳聳肩，「好吧，如果你還是覺得讓她整天瘋狂亂叫比較好的話……」

最後，約翰還是不得不屈服。琳達如願拿到她想要的甦麻。之後，她就一直待在柏納那棟公寓，在第三十七樓的一個小房間裡，躺在床上，收音機和電視整天開著，廣藿香水龍頭不停流著，手一伸就能拿到甦麻。她待在那兒，但又好像根本不在那兒，鎮日神遊飄蕩到遙遠無盡的地方。在太虛假期之中，收音機的音樂成了一座聲色俱足、不停旋轉變幻的迷宮。迷宮的道路美麗又不可避免的蜿蜒曲折，領著她走向一個確信不疑的光明核心。電視上表演者的舞姿歌聲動人輕柔。就連涓涓不止的廣藿香捎來的也不僅是嗅覺，它好似太陽，也彷彿百萬隻薩克斯風，又好像與波普做愛，感受多不勝數，難以比擬，永無止境。

「對，我們無法使人回春，但我很高興能夠有機會親眼見證人類老化。非常謝謝你找我來。」蕭醫師說完他的結論，熱絡地握了柏納的手。

眾人追逐的目標自然是約翰。而柏納似乎成了他承認的監護人，所有邀約都必須透過柏納。於是有生以來第一次，柏納發現大家不只把他當正常人，還是個有頭有臉的人。沒有人再閒扯他的人造血裡是不是摻了酒精，也沒有人拿他的外貌開玩笑。亨利・佛斯特刻意對他友善起來；博尼多・胡佛送他六包性荷爾蒙口香糖當作禮物；社會地位預定室副主任特地來拜託他，近乎低聲下氣地要一張晚宴的邀請卡。至於女人呢，完全任柏納挑選，他只要稍加暗示有可能邀約對方，沒有釣不上手的。

「柏納約我下週三去見野蠻人呢。」芬妮得意洋洋地說。

「真好。」列寧娜說。「現在你必須承認先前你誤會柏納了吧。你不覺得他實在很可愛嗎？」

芬妮點點頭，「而且我得說，真是又驚又喜啊。」

裝瓶總監、社會地位預定室室長、三位授精副理、情緒工程學院的實感電影教授、西敏寺團歌教長、波康諾夫斯基程序督察……柏納的名單上有數不勝數的名流。

「單單上週，我就跟六個女孩在一起。」他告訴赫姆霍茲：「週一一個，週二兩個，週五又兩個，週六一個。如果我還有時間或還想要，心急排隊的女孩至少還有一整打……」

赫姆霍茲靜靜聽著他吹噓，繃著臉，不大認同的樣子，觸怒了柏納。

「你嫉妒我。」他說。

赫姆霍茲搖搖頭，回他：「我只是難過罷了。」

柏納氣沖沖走人。我絕對不要，他對自己說，絕對不要再跟赫姆霍茲說話了。

日子就這麼過去。成功的滋味（功效正如同所有良性麻醉劑一樣）沖昏了柏納的腦袋，他就這麼融入先前令他極為不滿的世界了。只要他是大人物，事物運作的方式就令他滿意。不過，成功雖助他融入這世界，他仍未放棄批判社會秩序。批評針砭似乎更加深了他的成就感，讓他覺得自己更偉大。除此之外，他也真心以為世界上該受批判的事情還很多。（但與此同時，成功受歡迎、想要誰就能擁有誰的滋味，他也同樣真心享受）。在那些為了野蠻人向他獻殷勤的人面前，他更愛倡議種種叛逆言論。人前，大家總是客氣地聽他高談闊論。人後，大家總是搖頭說著：「這人不會有好下場。」言之鑿鑿說著此人日後保證落得個壞下場。「到那時候，他也沒辦法再找個野蠻人來救援了。」他們說著。儘管如此，第一個野蠻人還在，因此他們也還對柏納客客氣氣的。正因為眾人待他客氣有禮，柏納覺得自己無比偉大——偉大，但又因自信盈盈而輕飄飄的，感覺比空氣更輕。

「比空氣更輕。」柏納指著天空說。

此時，在眾人之上的天空中，氣象局的勘測氣球在陽光下閃耀著玫瑰色光芒，像顆珍珠。

「我們應該讓這位野蠻人，好好見識文明社會的方方面面。」柏納下命令似地說著。

此刻，他正鳥瞰著這個文明社會，自查令T字塔的平台往下俯視。站長與駐站氣象學家負責導覽，但還是柏納的發言占大多數。被成功沖昏了頭，他表現得一副他是來訪的世界管理者一樣。飄飄然比空氣更輕。

孟買來的綠火箭自空中降落。乘客一一下機。八名穿著卡其服的孿生戴爾它族達羅毗荼人，自八個舷窗向外看——他們是空服員。

「時速一千兩百五十公里。」站長說著，十分得意。「野蠻人先生，您覺得如何？」

約翰覺得很不錯。「不過，」他說：「愛麗兒只要四十分鐘就能替地球繫上一條腰帶[2]。」

在柏納寫給穆斯塔法．蒙德的報告裡，他說：「野蠻人意外地對先進發明沒有太大反應，也無敬畏。部分原因顯然是琳達，也就是他的母X，曾告訴過他。」

（看到這裡，穆斯塔法．蒙德不禁皺了眉。「那個詞有必要說得這麼隱晦嗎？難道他覺得我會受不了嗎？」）

「另一個原因在於他把注意力都放在他所謂的『靈魂』。他認定那是超脫於物理世界的存在。儘管我已明確指出……」

管理者跳了幾行，正打算翻頁看看有沒有什麼比較有趣、具體點的東西，卻瞥見幾行離經叛道

2　莎士比亞《仲夏夜之夢》的情節。不過此處約翰記錯，四十分鐘替地球繫上一條帶子的不是愛麗兒，而是帕克。

的字句，「……野蠻人認為，社會文明中一切來得太過容易。照他的說法是，人們付出的代價太低。我得承認我贊同他的想法，也藉機向閣下您報告……」

原本怒氣沖沖的穆斯塔法．蒙德忍不住笑了起來。這傢伙竟然義正詞嚴打算教訓起他來，**他，堂堂西歐管理者耶！**竟然跟他說起社會秩序之類的事，真是太荒謬了。「應該給他點顏色瞧瞧。」他嘴上雖這麼說，但又忍不住頭一仰大笑起來。至少，眼前一時半刻他還不想動手修理柏納。

這是座小工廠，專門生產直升機的照明設備，算是電力設備公司的子公司。一到屋頂，首席技師和人事經理已經等著迎接他們（看來管理者的推薦信確實很有力）。一行人一起下樓進到廠房裡。

「每道工序都盡量交給同一個波康諾夫斯基群體操作。」人事經理說。

此時，八十三個頭顱短、鼻子扁得像沒鼻子的戴爾它黑人正在冷壓。五十六個鷹勾鼻赤黃髮伽瑪族工人同時操作著五十六台四軸夾持機。鑄造室裡，一百零七名受過耐熱制約的愛普西隆塞內加爾人骨碌碌工作著。三十三名頭顱長、黃髮、窄骨盆的戴爾它女性，身高幾乎都是一百六十九公分，身高落差只在零點二公分以內，三十三人全忙著切割螺絲。組裝室內有兩組伽瑪正族工人正在組裝發電機。兩張矮工作台面對面擺開，中間一條輸送帶橫過，運載零件。四十七個金髮工人對著四十七個褐髮工人。四十七個獅子鼻對上四十七個鷹勾鼻。四十七個短下巴對上四十七個長下巴。十八位同一個模子刻出來的赤褐髮女孩，身著綠色伽瑪制服，負責檢查組裝好的機器。負責裝箱的是三十四名短腿左利的戴爾它負族男性。接著由六十三個藍眼黃髮滿臉雀斑的愛普西隆蠢蛋將箱子送上貨車卡車。

「啊，美麗新世界，」野蠻人的記憶惡作劇似地讓他想起米蘭達的話：「有這樣美妙的人兒在裡面。」

一行人步出工廠時，人事經理說道：「我可以向您保證，我們的員工幾乎沒有出過狀況，我們總是……」

此刻，野蠻人忽然脫離隊伍，衝到一叢月桂樹後面，猛烈嘔著，彷彿腳下踏的不是堅實的土地，而是捲入亂流的直升機。

「野蠻人，」柏納寫道：「拒絕服用甦麻，而且他苦惱不已，似乎是因為琳達那女人。他的母X一直神遊太虛。有一點值得注意，儘管他的母X垂垂老矣，外貌令人作嘔，野蠻人仍舊時常探望，深深依戀著她。這是個相當有趣的現象，證明早期制約可以用來修正甚或扭轉天性（在這個案例裡，指的是逃離厭惡事物的本能）。」

參訪伊頓公學時，他們在高等學院屋頂下機。在操場另一頭，五十二層樓高的魯普頓塔樓在陽光下熠著白光。學院在左手邊，一身鋼筋混凝土及透紫外線玻璃的校園唱詩樓則傲立其右。四方庭院的中央，立著一尊吾主福特的鉻鋼舊雕像。

一下機，院長葛福尼博士連同女校長齊特小姐已經在旁等候。

「你們這裡孌生子多嗎？」他們準備前往校園訪視時，野蠻人憂心忡忡地問著。

「喔，沒有孌生子。」院長答道：「伊頓公學只收上層階級的男女孩子，在上層階級，一顆卵只孵育出一個人。當然，這麼一來，教育他們自然更加困難。不過他們未來必須承擔巨大的社會責任，以應付意料之外的緊急狀況，所以麻煩也是沒辦法的事。」他嘆氣說著。

此時，柏納已深受女校長吸引。「要是你週一、週三或週五晚上有空的話，」他邊說邊豎著拇指指向野蠻人，「那傢伙很有趣的，你知道，」又說，「而且古怪。」

齊特小姐笑了笑（她笑起來真迷人，他心想），說了謝謝，然後說很高興能獲邀參加他的派對。院長打開了一扇門。

在超艾爾發正族教室待了五分鐘，約翰聽得一頭霧水。

「什麼是基礎相對論？」他低聲問柏納。柏納解釋了一會兒，後來想想乾脆換間教室參觀，於是就這麼提議。

走廊通往貝塔負族的地理課，門內傳來女高音般的聲音，耐不住性子疲乏地說著：「一、二、三、四，好，再來一次。」

「這是馬爾薩斯節育訓練。」校長解釋：「當然，我們多數女學生都是不孕女，我自己也是不孕女。」她對柏納笑著說。接著又說：「不過我們還是有將近八百名學生未經絕育，所以需要不斷訓練。」

在貝塔負族的地理課上，約翰聽到：「蠻族保留區，由於氣候不佳，或地形不良，或缺乏天然資源，是一個不值開化之處。」喀啦一聲，整間教室一片黑暗，女校長頭上的螢幕忽然冒出阿溝瑪村的苦行會弟兄，俯臥在聖母像前大聲哭嚎，就像約翰之前見過的那樣，向十字架上的耶穌與蒲康神的老鷹圖像懺悔自己的罪愆。伊頓的年輕學子見此，哄堂大笑。苦行者一邊哭嚎，一邊站起，脫去上衣，手執結鞭開始鞭打自己，一鞭又一鞭。滿室笑聲再起，幾近淹沒了刻意放大的影片中苦行者的哀號。

「他們為什麼要笑？」野蠻人痛苦不解地問著。

「還用問為什麼嗎？」院長回過頭來看他，臉上咧嘴笑著說：「因為實在太可笑呀。」

螢幕的微光之中，柏納大膽伸出手，以往就算伸手不見五指他也絕對不敢如此妄為。新掙來的社會地位替他壯了膽，於是他一把環住校長的腰。懷中纖纖柳腰並沒怎麼掙扎。就在他盤算著要偷吻幾口還是輕輕捏她一下時，百葉窗又喀噠開了。

「我看我們該繼續往下參觀了。」齊特小姐說完便往門邊走。

「這兒，」過了一會兒，院長開口說道：「就是睡眠學習控制室。」裡頭有幾百台合成音樂器，每間宿舍配備一台，控制室內沿牆四面架子，所有合成音樂器分別放在三個架上。第四座架子上則有錄音紙卷，上頭印有各類睡眠學習課程。

「拿一卷放進去，」柏納打斷院長，自顧自介紹起來：「按下這個開關……」

「不是，是那個開關。」院長糾正道，頗不耐煩。

「喔，那個開關。按下去，錄音紙卷就會展開。硒電池會將光脈衝轉換成聲波。然後……」

「然後，就可以聽見錄音紙卷內容了。」院長總結道。

「學生們讀莎士比亞嗎？」一行人往生化實驗室走去，經過學校圖書館時，野蠻人開口問道。

「當然沒有。」校長一聽，臉都紅了起來。

「我們學校圖書館的藏書，都是些工具書。要是這些年輕孩子想找點樂子，可以去看實感電影。我們絕不鼓勵任何單獨進行的娛樂活動。」

五台巴士載滿男女學生，或是唱著歌，或是靜靜擁抱，在玻璃高速公路上從他們身旁疾駛而過。

「他們剛從司勞火化場回來。」院長解釋道，柏納則忙著約校長當晚碰面。「打從十八個月大起，就開始接受死亡制約訓練。每個孩子每週都得在安寧醫院待兩個上午。那裡有最棒最好玩的玩具。碰上有人過世的日子，還會發放巧克力冰淇淋。孩子們漸漸便學會死亡不過是人生的必經歷程。」

「就跟其他生理變化一樣自然。」校長十分專業地補充說明。

晚上八點，薩夫伊餐廳見。搞定，沒問題。

回倫敦途中，他們在賓福特的電視公司工廠停了一下。

「我得去打個電話，你可以在這裡等我一下嗎？」柏納問。

野蠻人靜靜候著，看著底下的世界。大日班的工人正準備下班。低階工人在單軌電車站前排隊等待，伽瑪族、戴爾它族、愛普西隆族統統都有，一共約有七、八百個男男女女，五官體型數來卻不過十來種。人人手裡拿著票，站務員手裡一個小紙盒推到乘客面前。人龍緩緩向前移動。

柏納回來之後，野蠻人問道：「那是什麼？」（這時他想起《威尼斯商人》中的箱子[3]）「那些箱子都裝了什麼？」

「甦麻配給。」柏納含糊地說道，此刻他正嚼著博尼多．胡佛送的性荷爾蒙口香糖。「他們每天下班就可以領。四顆半克甦麻錠。週六則領六顆。」

他勾著約翰手臂，態度親切熱絡，兩人一同走回直升機。

列寧娜走進更衣室，嘴裡哼著歌。

「看起來你心情滿好的。」芬妮說。

「對呀，我心情很好。」列寧娜說。唰！拉下拉鍊。「柏納半小時前打電話給我，說他今晚臨時有事。」唰！唰！脫下短褲。「問我晚上能不能帶野蠻人去看實感電影。我得動作快點。」說完她趕忙走進浴室。

「她還真幸運。」看著列寧娜的背影，芬妮對自己說著。

3 莎士比亞的《威尼斯商人》中，女主角波西亞之父要求求婚者必須自三個箱子中選一個。選到正確箱子者便可娶女主角。

這句話卻不帶一絲嫉妒。生性善良的芬妮不過是在陳述事實。列寧娜**確實**很幸運沒錯，有幸能跟柏納共享野蠻人帶來的名氣，有幸能從原先的無名小卒躍身成為時下最受歡迎的人物。福特女青年團的祕書長請她去演講去保留區的經驗；愛神俱樂部邀她參加年度晚宴；就連實感新聞頻道也請她上節目。不論視覺、聽覺、觸覺，列寧娜接觸到在全球千千萬萬的觀眾。

跟媒體注目同樣令人稱羨的是跟大人物往來的機會。現任世界管理者的第二祕書約她一起共進晚餐和早餐。她跟福特首席法官共度了一個週末假期，另一個週末則是陪坎特伯里團歌教長。內外分泌物公司總裁不斷來電邀約。歐洲銀行副總裁帶她去多維爾玩。

「當然，這樣很好。不過我總覺得好像全都是騙來的。」她坦白告訴芬妮。「因為呀，他們見到我，最想知道的就是跟野蠻人做愛是什麼感覺。我只能說我不知道。」她搖搖頭，接著又說：「當然啦，願意信我的男人沒幾個。但我說的是真的。我多希望那不是真的。」她嘆了口氣，難過地說道：「他真的長得非常好看，你不覺得嗎？」

「他不喜歡你嗎？」芬妮問。

「有時候，我覺得他喜歡我。但有時候又像不喜歡我。他總是躲得離我遠遠的，只要我踏進房間，他就立刻走人，連看都不看我一眼。但偶爾我回過頭，又會發現他盯著我看。你也知道，男人喜歡你的時候，看你的表情就是不一樣。」

芬妮的確知道。

「我真想不透。」列寧娜說。

她實在不解，不僅不解，還很氣餒。

「因為，你知道的，芬妮，我喜歡他。」

愈來愈喜歡他。今晚機會終於來了，她洗好澡拍香水時心想。啪、啪、啪。是大好良機。她難掩欣喜之情，唱起歌來：

擁抱我，在迷茫以前。
親吻我，在昏死以前。
與我相擁，如兔依偎。
愛和甦麻，同樣美好。

氣味風琴奏起清新的香草隨想曲，先以一串琶音送上百里香、薰衣草、迷迭香、羅勒、香桃木、龍蒿的氣味，接著大膽變調，由香草轉為嗆鼻的龍涎香，而後又慢慢變成檀木、樟腦、香柏跟新割牧草的氣味（間或微妙穿插幾個不和諧音，是一絲腰子餡餅味與稀微豬糞味），回到最初的清新香草味。最後以一陣百里香作結，香氣消散後，全場聽眾報以熱烈掌聲，燈光亮起。合成音樂機裡，錄音紙卷舒展開來。此刻傳來超高音小提琴、超級大提琴跟仿雙簧管的三重奏，樂音讓周遭空氣都慵懶起來。三、四十個小節後，器樂伴奏下，一個歌聲出現，比人聲更加豐富，時而用喉音吟唱，時而用頭部共鳴，時而如長笛般空靈，時而和聲般繾綣。那歌聲不費吹灰之力，從男低音卡斯伯·佛斯特的最低音，一路到令人戰慄的蝙蝠音，比最高音C（一七七〇年在帕爾馬歌劇院，莫札特曾為此高音震懾）還要高出許多，音樂史上所有演唱家中，只有女高音魯克琪雅·愛尤格理曾尖銳地唱上去過一次。

陷在充氣座椅中，列寧娜和野蠻人享受了嗅覺與聽覺的震撼，終於輪到視覺和觸覺享受上場。劇院燈光暗下，火焰般的字活生生跳了出來，彷彿懸浮在黑暗中。《直升機三週驚魂記》。最佳歌唱表演、合成音效配音、全彩立體環繞實感電影。氣味風琴同步伴奏。

「手要握著椅子扶手上的金屬球。」列寧娜低聲說：「不然你就感覺不到實感的特效了。」

野蠻人聽她的話，把手放了上去。

此時，火焰般的字消失。有十秒鐘的時間，劇院裡一片漆黑。突然間，兩個立體影像炫目浮現，站在前方，幾可亂真，比活人更活，比真人更真，一個高大黑人，跟一個金髮短臉的貝塔正族年輕美女，兩人摟抱交纏著。

野蠻人極為震撼。他唇上的感覺！他伸手摸了摸嘴，剛才那種搔癢不見了；再把手放回金屬球上，感覺又來了。此時氣味風琴噴出了純麝香的氣味，還有絕妙的鴿聲呢喃：「喔——嗚」。一個每秒震動三十二下、比非洲男低音還低的聲音則以「啊——啊」回應。「喔——啊」立體的唇再次交融，阿蘭布拉劇院裡六千名觀眾臉上的性感帶也受了撩撥，個個陶醉於難以承受的歡愉之中。

「嗚……」

電影的情節相當簡單。一開始的喔喔啊啊結束之後（一首雙人愛之歌，以及在那著名的熊皮地毯上一次小小的做愛。社會預定室副主任說得真對，熊皮上的每一根毛髮都能清楚感受到），黑人發生了直升機意外，頭受了傷。砰！觀眾的額頭也都跟著一起疼，「啊」、「喔」叫聲此起彼落。

腦震盪一舉將黑人所受的制約訓練擊碎。發狂似地，他開始對金髮貝塔女有了強烈占有欲。她雖不從，但他不放手。劇情從掙脫掌控、緊追不捨、襲擊情敵發展成驚心動魄的綁架事件。金髮貝塔女被強行擄至空中，高懸了三週，跟那瘋黑人狂野地進行了反社會常理的密談。最後，經過一連串驚險與特技飛行，三個英挺的年輕艾爾發男子成功解救了女主角。黑人被遣送到成人再制約中心，女主角成為三位英雄的女人，結局幸福又美滿。在超管弦樂團伴奏以及氣味風琴發送的梔子花香氣中，四個人唱起了一首合成四重唱。然後畫面又回到熊皮上，在薩克斯風激昂的樂音中，最後一個吻慢慢沒入黑暗，觀眾唇上的搔刺感也逐漸淡去，如垂死的蛾鼓翅，一顫一顫地抽動著，顫動漸緩，最後趨於平靜，一動不動。

但對列寧娜來說，那蛾並沒真的離去。劇院燈光亮起了，他倆在人群中緩緩步向電梯，但那蛾的幽魂仍在她唇上振翅，緊繃興奮之情仍在她肌膚上竄走。她滿臉通紅，雙眼水亮，呼吸也跟著過度。她抓住野蠻人的手臂，拉往自己身上貼著。野蠻人低頭看了她一會兒，臉色發白，心裡欲望痛苦交纏，恨自己怎可有那種想法。他根本配不上她、配不上……有那麼一刻，他倆眼神交會了。她氣質出眾，眼中款款情意，多麼珍貴！他趕緊撇過頭去，抽出被縛住的手臂。但他又暗自擔憂她失去了他高攀不起的那股氣質。

「我覺得，那樣的東西你最好不要看。」他說，趕緊將她過去或未來可能有的一點點不完美，歸咎於周遭事物。

「你說哪樣東西，約翰？」

「那種可怕的電影啊。」

「可怕？怎麼會？我覺得很好看。」列寧娜驚訝地說著。

「那種東西很下流，很卑鄙。」他憤慨地說著。

她搖搖頭說：「我聽不懂你在說什麼。」他幹嘛這麼奇怪？幹嘛故意破壞氣氛？

搭計程直升機回去的路上，他幾乎看都不看她一眼。受制於他從未開口說出的誓言，暗自恪遵早已廢止的律法，他刻意離她有些距離，什麼也不說。偶爾，他的身體像繃緊的弦，稍被撩撥，就止不住抽動一下，緊張失措。

直升機停在列寧娜公寓的屋頂上。「這一刻終於到了。」她下機時暗自竊喜。雖然他剛才一路表現都那麼古怪，不過終於呀。列寧娜站在路燈下，偷偷朝手上小圓鏡打量了一下。呼，終於。喔，鼻子有點油光，她輕拍掉粉撲上的餘粉。他應該還在付直升機錢，應該還來得及補點粉。她想：「他真的好帥，根本就用不著像柏納那樣害羞呀。要是……要是換做別的男人，早就做了。管他，反正這一刻終於要來了。」鏡中的半張臉忽然朝她微笑。

「晚安。」她身後傳來個聲音，聽來鬱結。列寧娜轉過身，他站在直升機門邊，兩眼直直望著她。顯然，從剛才到現在，她一舉一動他都看在眼裡。他等著，等著什麼呢？莫非他還在猶豫，還在考慮，一直在思索、思索，她不明白他究竟還有什麼其他想法。「晚安了，列寧娜。」他又說了一次，然後咧著嘴，勉強想擠出笑容的樣子。

「可是，約翰……我以為你……我是說，你不是要……」

他關上機門，傾身向前跟司機說著話。直升機飛上天際。

透過地板上的視窗，野蠻人看見了列寧娜揚起的臉，青藍色的燈光下，顯得那樣蒼白。她張著嘴，似乎叫喊著什麼。人影漸漸縮小，很快就看不見了，四四方方的屋頂像跌落深淵一般沒入黑暗中。

五分鐘後，他回到住所，拿出被老鼠啃噬過、暗藏起來的書本，如翻閱聖書般小心翼翼翻開汙損殘破的書頁，讀起《奧賽羅》。他記得，奧賽羅跟《直升機三週驚魂記》裡的英雄一樣，都是黑人。

列寧娜擦乾眼淚，越過屋頂走向電梯。在下到二十七樓的途中，她拿出裝甦麻的小藥瓶。她料想吃一克一定不夠。一克不足以撫平這種痛苦。不過要是吃兩克，明早可能無法準時醒來。最後她折衷了，在弓成杯狀的左手掌心中倒出三顆半克的甦麻藥錠。

12

房門上了鎖，門外的柏納不得不扯開喉嚨大吼，但野蠻人依舊不肯開門。

「大家都在等你。」

「就讓他們等。」門後的回答聲音模糊微弱。

「你明明就知道，我是特地邀請他們來見你的，約翰。」（要放開嗓門說話並且有說服力實在很不容易。）

「你邀**他們**之前就應該先問問**我**想不想見他們。」

「之前每次你都肯現身呀，約翰。」

「就是這樣，所以這次我不想去了。」

「就算是為了我。」柏納半吼半哄。「為了我你就出來一下嘛。」

「不要。」

「你是認真的嗎？」

「當然。」

情急無助之下，柏納哀嘆：「那我該怎麼辦？」

「去死吧！」裡頭的聲音以憤怒大吼回應。

「坎特伯里團歌教長今晚也來了呀。」柏納都快哭出來了。

「Ai yaa tákwa!」此時只有祖尼語足以表達他對坎特伯里團歌教長的感覺。「Hani!」他想想又補了一句，然後（以狠毒不屑的口吻）說道：「Sons eso tse-na.」他學波普那樣朝地上啐了口口水。

最後，柏納不得不屈服，默默離開，回到派對告訴賓客，今晚野蠻人不會現身了。消息一出，群情激憤。想到自己竟然被這個聲譽不佳、滿腦子異端思想的無名小卒給耍了，還要對他鞠躬哈腰的，在場男士無不大為光火。社會地位愈高的人就愈氣憤。

「竟然敢耍我。」團歌教長說了好幾次：「敢耍**我**！」

在場的女士也個個憤恨難平，覺得自己碰上大騙子，不過是個無恥矮冬瓜，胚胎瓶被摻了酒精的傢伙！身材根本跟伽瑪負族差不多。場內怒火四起，女士們議論紛紛，愈說愈大聲，尤其是伊頓公學的女校長特別不留情。

只有列寧娜沒說什麼，她臉色發白，藍色的眸子蒙上平日少有的憂鬱，坐在角落裡。心中某種不為他人所了解的情緒，將她孤立於身邊的人之外。她今天來，心情很複雜，又焦慮又期待。「再過一下子，」她進門時告訴自己：「我就可以見到他，就可以跟他說話，告訴他我喜歡他，」（她來之前早已抱定主意）「告訴他，我認識的人裡面，我最喜歡他。然後，或許他會說……」

他會說什麼呢？血液竄上她雙頰。

「那天看完實感電影之後，他為什麼表現得那麼古怪？我很確定他真的滿喜歡我呀。很確定呀……」

就在那時候，柏納向賓客宣布野蠻人不會出席宴會。

列寧娜忽然經歷了「強烈情緒替代治療」開始時的種種感受，莫名的空虛、令人窒息的憂慮和噁心。她的心似乎不再跳動了。

「搞不好都是因為他不喜歡我。」她對自己說。一瞬間，這推測成了再肯定不過的事實。約翰不肯現身，就是因為他不喜歡她。他不喜歡她……

「真是太過分了，」伊頓公學校長正在跟火化磷回收主任說：「我那時候還以為……」

「對呀，酒精的傳聞肯定是真的。」芬妮．克勞恩說：「我認識一個人，她的朋友那時候就在胚胎儲存室工作，那人告訴我朋友，我朋友再轉述給我聽的……」

「太糟糕了。太糟糕了。」亨利・佛斯特與團歌教長同仇敵愾，說：「你知道嗎？我們中心的前主任差點就要把他降轉到冰島去了。」

一句句都帶刺，刺得柏納的滿腔自信百孔千瘡，自千百個傷口洩了氣。他面無血色、心煩意亂，又難堪又焦躁，忙著在賓客之間遊走，吞吞吐吐地致歉賠罪，再三保證野蠻人下回一定會出現，哀求大家坐下來吃點胡蘿蔔素三明治、來片維他命A肉凍或喝杯人造香檳。大夥兒吃是吃了，但沒怎麼搭理他；喝也喝了，但不是當著他的面言語無禮，就是三兩成群對他說三道四，措詞和音量都毫不客氣，好像他不在場一般。

「好吧，在場的朋友們，」坎特伯里團歌教長以他主持福特日慶典的美妙嗓音說道：「朋友們，我想時間差不多了……」他起身，放下玻璃杯，拍掉紫色人造絲背心上大量糕點的碎屑，然後朝門口走去。

柏納衝上去攔阻他。

「教長，您真的得走嗎？……時間還早，我誠心希望您可以……」

是呀，當初列寧娜私底下告訴他，只要收到邀請函，教長肯定會願意出席，但他可沒料到結果會變成這樣。「他人很好。」列寧娜還拿教長送她的金色T字拉鍊頭給他看，說是他倆一起去蘭貝斯共度週末的紀念禮物。「**派對主賓為坎特伯里團歌教長與野蠻人**。」柏納在每一張邀請卡上都宣告他的戰果。但野蠻人偏偏選了今晚把自己關在房裡，對他吼著「Hani!」還有「Sons eso tse-na!」（幸好柏納聽不懂祖尼語）。本來今晚該是柏納人生的顛峰，卻讓他落入羞愧的無盡低谷。

「我誠心希望……」他結結巴巴地重述，仰著頭，以哀求無助的眼神望著偉大的教長。

「年輕人，」教長認真嚴肅高聲說道：「在事態一發不可收拾之前，我要給你個忠告。」他指著柏納，接著說（此時他的聲音聽來低沉陰鬱）：「快回頭吧，年輕人，快回頭修正你的言行舉措。」他對著柏納比劃了T，然後回頭用另一種語氣說：「親愛的列寧娜，我們走吧。」

列寧娜聽話照辦，但臉上沒有笑容，（全然沒意會到這給足了她面子）也沒有欣喜的神色，只是跟在他身後步出門外。其他賓客為了表示對教長的尊敬，隔了一段距離才一一離席。最後走的人重重關上了門，留下柏納一人。

柏納感覺被深深刺傷，洩氣跌坐在椅子上，他雙手掩面，哭了起來。哭了幾分鐘，他轉了個念頭，吞下四顆甦麻。

此刻野蠻人正在樓上讀著《羅密歐與茱麗葉》。

列寧娜與團歌教長下了直升機，踏上團歌樓屋頂。「動作快一點吧，小姑娘——我是說，列寧娜。」教長失了耐性，站在電梯門前喊著。原先放慢腳步望著月的列寧娜於是匆匆回頭，趕緊穿過屋頂，跟上教長腳步。

〈生物學新理論〉，這是穆斯塔法．蒙德剛剛讀完的論文。他坐著皺眉著實想了好一會兒，才提起筆在標題頁上寫道：「作者針對『目的』一概念所提出的數學模型，立論新穎，極為巧妙，然而，此模型與現行社會秩序相左，危險並可能顛覆現行秩序。不予刊登。」他在最後四個字底下畫線強調。「必須監控作者，如有必要，可將他調職至聖赫勒拿的海洋生物學站。」太可惜了，他簽名的時候這麼想著。這論文是傑作，不過一旦承認根據目的解釋，後果將無法設想。高等階層中一些心性不定的人，極易受此種想法影響，他們受過的制約訓練會因此失效，並且很可能會質疑快樂為至善的信念，轉而相信世上有所謂終極目的，來自超凡的存在；相信生命的目的不是維持幸福，而是鍛鍊思維、拓展知識。其實，管理者仔細想想，這樣的想法很可能是對的，但社會現況容不得如此。他又提起筆，在「不予刊登」四個字底下畫了第二道線，這回畫得比先前更粗更黑，然後嘆了口氣。「如果人不必想著快樂，會帶來多大樂趣呀！」他心想。

約翰閉著眼，臉上散發狂喜的光彩，他對空輕輕朗誦著：

啊！她令火把添了光彩，
她仿若垂掛夜之頰上，
黑人佩戴的寶石耳飾，
美得令人無福消受，人間稀有。[1]

T字拉鍊頭在列寧娜胸前閃閃發光。教長捏著拉鍊頭，挑逗地一點一點往下拉。「我想，」列寧娜忽然打破漫長的沉默說：「我還是吃兩克甦麻好了。」

這時柏納已經沉沉進入夢中天堂。睡夢中的他，笑容滿面。只可惜，每三十秒，他頭上電子鐘的分針就往前走一步，雖然近乎無聲，卻依舊輕輕地滴答滴答滴答滴答走著。接著，天就亮了。柏納又回到現實時空的悲慘。他從未抱著如此低落的心情搭直升機去制約中心上班過。打從麻痺人心的成功醒來後，原來的自己反而更加清晰。跟前幾週曇花一現的飽滿自我相較，原來的自我比周遭

---

1 莎士比亞《羅密歐與茱麗葉》，第一幕第五景。

一切都更沉重，前所未有的沉重。

看著柏納這般頹喪，反而意外激起野蠻人的憐憫。

「你現在比較像在馬爾帕依斯的你。」聽完柏納的悲慘經歷之後，約翰說：「還記得我們第一次相遇聊天的時候嗎？在小屋外面。你現在比較像當時的樣子了。」

「因為我又變得不快樂了，原因在此。」

「我寧可不快樂，也不願耽溺在這種膚淺的快樂假象裡。」

「說得真好。」柏納酸溜溜地說道。「事情不都是你惹出來的。不來參加派對，讓所有人都指著我鼻子罵。」他知道，他這麼說並不公平。野蠻人說，朋友要是隨便挑釁就變成仇敵，那便失了交往的價值。這他心裡也明白，甚至後來還跟著附和。這些道理他都懂，他也都認同，他也明知道身邊現在只有野蠻人這麼一個朋友，但就算再有好感，他依舊忍不住暗暗埋怨起這傢伙，盤算著要怎麼略施小懲討回公道。畢竟埋怨教長沒什麼用，也不可能向首席脫瓶員或社會地位預定室副主任討回什麼公道。對柏納來說，野蠻人這個出氣筒有著其他人都沒有的優點：他是柏納打擊得到的對象。所謂朋友，不就得（以較為輕微間接的方式）承擔我們無法施加在仇人身上的種種報復嗎？

赫姆霍茲則是柏納的另一個出氣筒。一旦情緒低落，他馬上就要赫姆霍茲伸出友誼的手，忘了他意氣風發時，對此多麼不屑一顧。赫姆霍茲立刻出手相挺，沒一點責備批判，好像他倆從沒吵架不合過。這寬容大度確實令柏納動容，但也讓他羞愧不已。這種非凡氣度並非常人所有，卻也因此令柏納更無地自容。不記前仇不是甦麻的功勞，而是赫姆霍茲的為人。這個人，不用逃離現實，不用吃甦麻，就能忘懷他人過錯。柏納既感恩（能再度擁有他的友誼實在欣慰）又怨恨（那麼有肚量幹嘛？一定找個機會修理他，想來就覺得有趣）。

兩人吵架失和後第一次碰面，柏納便傾訴種種遭遇，也接受赫姆霍茲的安慰。直到幾天之後，他才知道，原來惹麻煩上身的不只有他，赫姆霍茲也招惹到上頭的人了。這遲來的發現令他驚訝又羞愧。

「都是因為我寫的詩歌。」他解釋說：「我教三年級學生進階情緒工程學。這門課一共十二堂，第七堂講押韻詩。正確說來，就是『押韻詩在道德宣傳與廣告上的用途』。我喜歡多舉實例，這回我就想不如用自己寫的詩歌吧。我知道這很瘋狂，但我就想這麼做。」他笑道：「我就想看看學生會有什麼反應。況且，我也想感染他們，想讓他們體會我寫下這些詩歌時的感受。福特呀！」他又笑了，「結果引起軒然大波。校長把我叫上去，威脅要我馬上走人。我現在在黑名單上了。」

「你的詩裡寫了什麼？」柏納問。

「關於孤獨。」

柏納眉頭揚起。

「你想聽的話，我可以朗讀給你聽。」說完，赫姆霍茲立刻開口唸道：

「昨日會議，
鼓棒擊，但鼓破無音。
昨夜城裡，
笛聲揚，真空中寂寂。
嘴閉人未醒，
機器猶未鳴。
孤棄寂寥之地，是昨
眾聲喧嘩之所。
萬籟寂，
哭聲（或高或低）
嗚，誰家傳來，
我不識。

不見蘇珊，不見伊格莉雅，
柔臂酥胸，
朱唇豐臀，
緩緩現形，是誰人身影？
我欲問之，是何
如此怪異，
此影，縹緲無形，
冷清夜裡，現蹤跡，
竟較交合之夜，
更加澄清。
嘆何以，此物無以正大光明。」

「我不過就朗讀了這首詩，立刻就被舉發到校長那兒了。」

「我倒不意外，畢竟你寫的東西完全違背睡眠學習的教育內容。別忘了，他們至少被警告不要獨處不下二、三十萬次。」

「我當然知道，我不過想看看學生會有什麼反應。」

「現在你看到了吧。」

赫姆霍茲啞然失笑。他沉默了好一會兒又說：「我好像終於開始知道要寫些什麼，也開始懂得運用我內在那股潛藏已久的力量了。好像有某種東西就要湧現。」雖然他惹得一身腥，心底卻很快樂，柏納心裡想著。

赫姆霍茲與野蠻人一拍即合。兩人來往熱切，讓柏納都吃味了。他跟野蠻人相處了幾個禮拜也沒能那麼親近，赫姆霍茲卻一下子就做到了。看他們倆互動，聽著他們談天，柏納甚至忿忿心想，早知道就不介紹他們認識了。但自己這樣小心眼，他又覺得羞愧，於是決定靠意志和甦麻來擺脫情緒的糾葛。不過，意志沒發揮什麼作用，而一趟一趟甦麻之旅之間總有空檔，那可恨的情緒就又來苦苦糾纏。

第三次跟野蠻人見面時，赫姆霍茲朗誦了他的孤獨之詩。

「你覺得怎麼樣？」朗誦完畢，他問道。

野蠻人搖搖頭，只答道：「你聽聽這個。」接著打開上鎖的抽屜，取出那本被老鼠囓食過的書，翻開唸道：

任歌聲最嘹亮的鳥兒
棲在形單影隻的阿拉伯樹上，
高聲宣告哀傷……

赫姆霍茲愈聽愈激動。聽到「形單影隻的阿拉伯樹」時，他嚇了一跳。到了「這尖聲鳴叫的使者」時，他突然開心笑了。聽到「專橫如此，是何禽鳥？」，熱血直上雙頰。但是唸到「死亡之歌」時，他面無血色，不停顫抖，從未經歷過的情緒感受在身上流竄。野蠻人繼續唸道：

本性受質疑
自我已非我
一物有二名
彼此難辨明
理智已無措

見二卻得一[2]

「雜交與狂歡！」柏納粗魯大笑打斷了朗誦。「這不是跟團歌差不多嗎？」他這麼說是故意報復，誰叫他們那麼契合，竟然比跟他還要好。

後來兩三次的聚會裡，這報復的小把戲又上演了好幾次。他能輕易刺到他們痛處，因為赫姆霍茲和野蠻人最受不了有人誣衊他們心中的高潔詩句。最後赫姆霍茲警告他，要是他敢再亂插嘴，就要把他趕出去。但說也奇怪，下一次打斷詩歌朗誦的人卻是赫姆霍茲自己，而且是最無禮的一次。

那次，野蠻人正朗誦著《羅密歐與茱麗葉》，他讀來充滿感情，聲音不時顫抖（因為他總覺得自己是羅密歐，列寧娜是茱麗葉）。聽到這對愛侶初相遇時的場景，赫姆霍茲雖不很理解，但興味盎然。描述兩人果園相逢的詩歌，美得叫他歡喜，但詩中透露的情感，卻讓他止不住地笑。不過是想跟一個女孩在一起，犯得著那麼辛苦嗎？也太可笑了。然而，細究文句，這真是情緒工程的傑作啊！「這老傢伙，」他說，「把我們最厲害的宣傳寫手都比下去了。」野蠻人得意地笑了，又接著唸下去。整個朗誦過程還算平靜順利，直到第三幕的最後一場戲，卡帕萊特先生與卡帕萊特夫人強

2 莎士比亞《鳳凰與斑鳩》。

逼茱麗葉嫁給巴利斯。本來，這場戲就讓赫姆霍茲侷促不安，想不到野蠻人竟然悲哀地模仿茱麗葉的口吻唸道：

蒼天是否有慈悲
了解我心底傷悲？
啊！我的母親，請別拋下我
將婚事延後一個月、一星期吧
你若不答應，請將我的新娘床
直接抬進帝巴特的墳墓裡吧……[3]

聽到這裡，赫姆霍茲完全壓抑不了自己，放聲狂笑。

母親和父親（光這兩個齷齪的詞就夠可笑了）竟然逼迫女兒跟不喜歡的人在一起！那女孩也太笨，自己另有意中人（至少那時候有）卻不說出來。這情節實在愚蠢荒謬，令人止不住發噱。赫姆

3　莎士比亞《羅密歐與茱麗葉》，第三幕第五景。

霍茲費盡全力克制不斷湧出的笑意，但一切努力就毀在「啊！我的母親」（配上野蠻人痛苦顫抖的聲音），以及帝巴特死了卻沒火化、在家墓裡白白浪費大好磷質這兩處。他笑個不停，眼淚也跟著失守潰堤。野蠻人氣得滿臉發白，抬起頭白了他一眼，見他還在大笑，便憤怒地闔上書，起身把書收回抽屜，不願再對牛彈琴。

「說真的，」赫姆霍茲好不容易喘過氣來道歉，他安撫野蠻人說：「我十分明白，人呀，偶爾也需要體驗那種瘋狂荒謬。一個人不可能什麼都寫得好。這老傢伙為什麼是那麼出色的情緒工程寫手呢？就因為他必然受到許多瘋狂痛苦經驗的激發。凡是沒傷過、沒痛過的人，絕對寫不出像X光般穿透人心的好作品。可是父親和母親……唉！」他搖搖頭，「你總不能要我聽到這兩個詞還面不改色。再說了，到底男主角能不能得到女主角，這誰會有興趣呀？」（野蠻人臉上抽搐了一下，但赫姆霍茲沒注意到，只是盯著地板沉思著。）「不對，」赫姆霍茲嘆了口氣說：「這行不通的。這種瘋狂跟暴力不是我們需要的。但，我們要的又是什麼呢？到底是什麼？要上哪裡找呢？」赫姆霍茲靜了下來，然後猛搖頭說：「我不知道，我真的不知道。」

13

亨利・佛斯特自胚胎儲存室的隱隱微光中走了出來。

「今晚要不要一起去看場實感電影？」

列寧娜沒答話，只是搖頭。

「跟別人有約了嗎？」他身邊的人到底誰跟誰在一起，他對這個一直都很感興趣。「是博尼多嗎？」他問。

她又搖了搖頭。

亨利看得出來，那雙紫色眼睛中藏著疲倦，狼瘡色的皮膚下透著慘白，毫無笑意的深紅嘴唇邊掛著憂傷。「你生病了嗎？你病了對吧？」他問道，心裡有點怕，怕她染上了現存為數不多的傳染病。

可是列寧娜仍然搖頭。

「不管怎樣，你最好去看看醫生。」亨利說。「一天一醫生，病痛不再生。」他端出睡眠學習的金句勸她，還拍了拍她肩膀表示好意。「也許你需要做一次懷孕替代，或是接受高劑量V. P. S.治療。你也知道，有時候一般劑量的激情替代沒什麼用……」

「唉，看在福特的份上，」列寧娜終於打破倔強的沉默，「閉嘴！」然後便回過頭面對她沒什麼心思處理的胚胎。

是呀！高劑量V. P. S.治療！要是以前，她聽到這個肯定大笑，但現在她眼淚盈眶，笑不出來。說得好像她現在感受到的情緒還不夠劇烈一樣。她吁了口氣，抽了一針筒的藥劑。「約翰，」她喃喃自語：「約翰……」然後又叫道：「啊！福特呀！這個胚胎注射過腦炎疫苗了沒呀？我到底注射過了沒呀？」她完全想不起來。最後，她決定不要冒著打兩針的風險，走向下一個胚胎瓶注射。

二十二年八個月又四天後，模萬扎區一個年輕有為的艾爾發負族行政官死於腦炎，是超過五十年來第一例。列寧娜嘆了口氣，繼續手邊的工作。

一小時後，更衣間裡，芬妮起勁地勸她：「你讓自己變成這副德性真是太蠢了。真的太蠢了。這樣到底為了什麼？就為了一個男人，一個男人！」

「但我只想要他。」

「好像全世界男人都死光了一樣。」

「但那都不是我要的。」
「你沒跟其他人試過，你怎麼能確定呢？」
「我試過了。」
「試了幾個？」芬妮聳肩不屑地問著。「一個？還是兩個？」
「幾十個，」列寧娜搖搖頭，「但沒有用。」
「你要堅持。」芬妮給了簡潔的答案。但顯然，她對自己說的話沒什麼把握。「堅持到底就天下無難事。」
「可是……」
「好了，別想他。」
「我沒辦法不想他。」
「那就吃甦麻。」
「我吃了。」
「好，繼續吃。」
「但沒吃的時候我還是喜歡他。我應該是真的喜歡上他了。」
「真這樣的話，」芬妮想到一個法子，「你就直接去找他，占有他，管他喜歡不喜歡。」

「你不懂，他這人很古怪。」

「所以你立場就要愈堅定。」

「說得容易……」

「不要再胡思亂想了。趕快行動就對了。」芬妮的聲音亮如號角；她沒去福特女青年會替貝塔負族青少女演講實在太可惜了。「沒錯，採取行動吧，就是現在！馬上去！」

「我會怕。」列寧娜說。

「去之前先吃半克甦麻吧。好啦，我要去洗澡了。」芬妮邁開大步走了，肩上毛巾隨著步伐飄了起來。

電鈴響了。野蠻人跳了起來，趕忙跑去開門。他本來就很希望赫姆霍茲今天下午能過來，等得急死了（他打定主意要告訴赫姆霍茲他對列寧娜的感覺，很想一股腦全說出來，一刻也等不了）。

「我有預感是你，赫姆霍茲。」他開門時大聲說著。

門口站著的人，一身白色人造緞布水手服，小白圓帽俏皮地斜掛在頭上。是列寧娜。

「啊！」野蠻人彷彿受到重擊一般錯愕。

半公克甦麻足以讓列寧娜拋開恐懼和尷尬。「哈囉，約翰。」她笑盈盈地說，越過他身邊走入房內。約翰不由自主地把門關上，跟著她走。列寧娜坐了下來。有好一會兒，兩人誰都沒開口。

最後列寧娜打破沉默說：「約翰，見到我你似乎不怎麼高興。」

「不高興？」野蠻人望著她的眼神裡盡是斥責。他突然在她跟前跪了下來，牽起她的手，虔敬地吻著。「怎麼會不高興？你要是懂我的心就好了。」他輕輕說著，鼓起勇氣抬眼看她。「可敬的列寧娜，無比崇高，勝過世間一切珍寶[1]。」她對他笑了，笑中柔情誘人。「你真是完美，」（她朱唇微啟，朝他靠過去）「萬物的一切美善，」（她愈靠愈近）「似乎全都落在你身上，那般完美，無人可及。」野蠻人突然站起來。「正因如此，」他側臉迴避，說道：「我想要做點什麼來證明……證明我配得上你。當然，我不是說我能與妳匹配，但無論如何，我希望證明自己不是那麼差勁。我想要有所表現。」

「你為什麼會覺得你必須……」列寧娜開口，但沒把話說完。她聲音裡帶點惱怒。身體都貼了上去，靠得那麼近，朱唇微啟，結果那個笨蛋竟突然站起來，讓她撲了個空。哼，所以在這情況下生氣是很合理的，就算體內有半公克甦麻隨血液循環，覺得火大也合情合理。

「在馬爾帕依斯，」野蠻人含糊低聲說：「如果你想要娶一個女孩，必須送她一張獅子皮，或

1　莎士比亞《暴風雨》，第三幕第一景。

是狼皮。」

「英格蘭根本沒有獅子。」列寧娜理智幾乎斷線。

「就算英格蘭有獅子，我猜，人們也只會從直升機上用毒氣來獵殺。列寧娜，我不會那樣做。」野蠻人話中突然多了分不屑。他挺直身子，鼓起勇氣看她，但回望他的，卻是一雙厭煩不解的雙眼。儘管他不懂那眼神的意涵，仍說道：「我什麼都願意做。」他沒頭沒腦地說著：「只要你開口。有些事是很費力的。但樂趣使人忘卻辛苦[2]。這就是我的想法。假使你想要的話，我願意替你掃地。」

「掃地交給吸塵器就好了。」列寧娜困惑地說著：「用不著你來掃呀。」

「是用不著。但是低賤之事可展現高貴的本性。我想要做高尚的事。你看不出來嗎？」

「但是有吸塵器的話……」

「那不是重點。」

「還有艾普西隆半智障來負責操作，」她繼續道，「那為什麼要你掃？」

「為什麼？為了你呀。只是要讓你知道，這麼做都是為了你！」

2 莎士比亞《暴風雨》，第三幕第一景。

「吸塵器跟獅子到底有什麼關聯？」

「都是為了證明……」

「獅子跟討我開心又有什麼關係……」列寧娜愈說愈光火。

「……證明我有多愛你，列寧娜。」他近乎絕望，只好脫口而出。

列寧娜霎時雙頰緋紅，是內心激昂喜悅的表徵。「約翰，你說的是真的嗎？」

「我本沒打算說出來的。」約翰大喊，雙手緊扣，十分痛苦。「至少要等到……列寧娜，你聽好，在馬爾帕依斯，人是會結婚的。」

「結……什麼？」惱怒再度浮現。他到底想說什麼？

「結婚。馬爾帕依斯的人會結婚，雙方起誓，廝守終身。」

「太可怕了吧。」列寧娜打心底感到驚愕。

「比美麗外貌更長久，內心回春遠較血色衰敗快。[3]」

「你在說什麼？」

3　莎士比亞《特洛伊羅斯與克瑞希達》，第三幕第二景。

「就像莎士比亞說的：『在莊重神聖的儀式完結前，你不能玷汙了她處女的貞節……』4」

「看在福特份上，約翰，你說些正常點的話好嗎？你說的話，我一個字都聽不懂。先是什麼吸塵器，又是什麼『偵結』，我都快被你弄瘋了。」她跳起來，一把抓住他手腕，像是怕他的身體和他的心神就要離她而去。「回答我這個問題：你真的喜歡我嗎？還是不喜歡？」

他沉默了一會兒，然後以很低的聲音說：「我愛你勝過世間萬物。」

「那你為什麼不早說？」列寧娜大喊，因為太過氣惱，指甲尖緊緊掐入了約翰手腕肉裡。「為什麼要扯什麼偵結、什麼吸塵器、什麼獅子，還讓我難受痛苦好幾個星期？」

她鬆開他的手，氣憤地甩開。

「我要不是這麼喜歡你，早就被你氣死了。」她說。

突然，她的雙臂繞在他脖子上，約翰感覺到她的雙唇輕輕印在他唇上。那麼柔軟可口，溫暖酥麻，讓他想起《直升機三週驚魂記》裡兩位主角交纏的場景。嗚！嗚！金髮女郎呻吟。啊！啊！栩栩如生的黑人回應。恐怖、恐怖、恐怖，他試圖掙脫，但列寧娜卻抱得更緊。

「你怎麼不早說？」她柔聲探問，回過頭凝視著，眼神中帶點責備。

4　莎士比亞《暴風雨》，第四幕第一景。

「洞穴再怎麼幽暗，地點再怎麼合適，」（良心的聲音詩意地響起）「劣性再怎麼誘惑，都絕不能動搖我，讓色欲壞名聲。絕不！絕不！[5]」他心意堅定。

「你這傻瓜！」列寧娜說：「我好想要你。如果你也想要我的話，為什麼不……」

「可是，列寧娜……」他開始抗議。列寧娜鬆開了手，走到一旁，那一刻他還以為她明白了他沒說出口的話。但她解開了白色子彈匣腰帶，仔細地掛在椅背上，他不禁懷疑，她是不是誤解他的意思。

「列寧娜！」他憂心忡忡又喊了她一次。

她把手放在脖子邊，順勢直直往下拉，她身上的白色水手上衣已經全開。約翰原先的疑慮霎時不再模糊，此刻再具體不過。「列寧娜，你究竟在幹嘛？」

唰！唰！她以行動回答。她褪去喇叭褲。她的拉鍊連身內衣是淡粉貝殼色。團歌教長送的金T字拉鍊頭在她胸前擺盪。

「乳頭自鏤空處透出，誘惑男人的目光……[6]」這些字句似有魔力，雷聲般反覆迴響，使列寧

---

5 莎士比亞《暴風雨》，第四幕第一景。

6 莎士比亞《雅典人泰門》，第四幕第三景。

娜顯得更加危險、更加誘人。柔情綿綿，卻直搗人心。不斷鑽探理智底線，突破意志力防線。「欲火之前，最堅定的誓言有如火中稻草。克制呀，否則……[7]」

唰！包覆身體的粉紅連身內衣敞開，如蘋果被整齊地切開。手臂稍稍抖動，右腳先抬、左腳後跨，內衣便落了地，洩了氣似地攤在地上。

列寧娜仍穿著鞋襪，白圓帽斜戴在頭上，向他走來。「親愛的！親愛的！你怎麼不早告訴人家？」她攤開雙臂。

但野蠻人卻沒以同樣「親愛的」回應，也沒伸出雙臂。他反倒害怕地後退，兩手胡亂揮舞，活像是要趕跑入侵的猛獸一樣。他退了四步，已到牆邊毫無退路了。

「寶貝！」列寧娜輕喚，把手搭在他肩膀上，整個人貼過去。「抱我。」她下了命令。「擁抱我，在迷茫以前。」她也唸起了詩歌，她也懂一些，用魔咒一般帶著鼓點的歌詞來營造詩意。「吻我。」她閉上眼，聲音低綿，如枕邊呢喃：「親吻我，在昏死以前。與我相擁，如兔……」

野蠻人扣住她手腕，揮開她搭在他肩上的手，粗暴地將她推遠。

「喲嗚！好痛，你……啊！」忽然，她什麼也說不出來。恐懼令她暫忘身體疼痛。她睜開眼

7　莎士比亞《暴風雨》，第四幕第一景。

睛，看見他的臉，不，那不是他，而是一張陌生人的凶惡面容，蒼白扭曲，因失去理智而暴怒，不停抽動。列寧娜嚇傻了，低聲問道：「約翰，你怎麼了？」他不回答，只以怒目回瞪。扣住她手腕的那雙手在顫抖著。他大口吐氣，呼吸極不均勻。她忽然聽見他咬牙切齒的聲音，雖很微弱，卻很駭人。「你到底怎麼了？」她幾乎是在尖叫。

也許是被她一吼，他似乎回過神來，抓住她肩膀搖個不停，口中不斷大喊：「蕩婦！蕩婦！無恥的婊子！[8]」

「啊！不要！不～～要這樣！」她要他住手，聲音隨著他動作而顫抖著。

「蕩婦！」

「拜～～託～～～」

「該死的蕩婦！」

「一～～克甦麻好～～～過……」她開始複誦。

野蠻人猛力推開她，她踉蹌跌坐在地。「滾。」他站在她面前，語帶威脅地大吼著。「給我滾出去，不然我就殺了你。」說完緊握雙拳。

8　莎士比亞《奧賽羅》，第四幕第二景。

列寧娜抬起手臂擋住臉。「不要，拜託別這樣，約翰。」

「快點！快滾！」

列寧娜一手護著臉，驚魂未定的眼睛緊緊盯著約翰一舉一動。她迅速爬起，弓著身子，朝浴室奔去。

一記響亮的巴掌聲落下，如同槍響清脆，逼得她加快腳步。

「啊！」列寧娜往前撲了一下。

她安全進到浴室，鎖了門，才有餘裕檢查身上的傷勢。她背對鏡子，轉頭從左肩望去，見到一個巴掌印子清清楚楚烙在珍珠般的肌膚上。她輕輕揉著傷口。

外頭的房間裡，野蠻人不停來回踱步，踱呀踱，隨著神奇詞語的鼓點與節奏踱呀踱。「鷦鷯求歡，小金蠅在我眼前交尾。」這些詞句在他耳裡隆隆作響。「蕩婦幹起這檔事，比馬或臭鼬更有興致。她們下身是馬，上身是人。腰帶以上屬於神，腰帶以下則是魔鬼。那裡是地獄、是黑暗、是硫磺坑。不停燃燒、滾燙、發臭、腐敗。呸呸呸！啐！賣藥的，給我一點麝香，這腦袋我得好好薰一薰。[9]」

9 莎士比亞《李爾王》，第四幕第六景。

「約翰！」一個討好的細微聲響自浴室傳來。「約翰！」

「啊！你這香草，為何如此嬌美芬芳，聞者見者無不心疼。此書這般美好，竟是要寫上『婊子』兩字嗎？上天都得止住鼻息[10]……」

但她的香味始終環繞在他身旁，就連外套上也都是她那天鵝絨般滑嫩身軀上的白色香粉。「無恥的婊子！無恥的婊子！無恥的婊子！」韻律自成一曲，難以止息。「無恥的……」

「約翰，可以把我的衣服拿給我嗎？」

他拾起喇叭褲、上衣、拉鍊連身內衣。

「開門！」他踹門喊著。

「我不開。」裡頭傳來的聲音帶幾分懼怕、幾分強硬。

「那我怎麼把衣服給你？」

「從門上的氣窗遞進來就好。」

約翰依照她指示遞了衣服，然後又在房裡不安地來回踱步。「無恥的婊子！無恥的婊子！淫欲

10　莎士比亞《奧賽羅》，第四幕第二景。

魔鬼，擺著肥臀，伸出馬鈴薯般的魔爪……[11]」

「約翰！」

他沒回話。「擺著肥臀，伸出馬鈴薯般的魔爪……」

「約翰！」

「幹嘛？」他粗聲回問。

「可以幫我拿馬爾薩斯腰帶嗎？」

列寧娜坐著細聽房間裡的腳步聲，想著他這樣來回踱步不知道還要多久，想著要不要等他出門了，或者過一陣子，等他慢慢恢復理智後，再開門一口氣衝出去。

她不安地在腦中推演各種可能，接著外頭房間傳來電話聲響，打斷了思緒。腳步聲忽然停了。

她靜靜聽著野蠻人講電話。

「你好。」

「……」

「我是。」

11　莎士比亞《特洛伊羅斯與克瑞希達》，第五幕第二景。

「……」

「倘若我沒有冒用我自己的身分，那我正是[12]。」

「……」

「你沒聽懂我剛說的嗎？我就是野蠻人先生。」

「……」

「什麼？你說誰病倒了？我當然想知道。」

「……」

「很嚴重嗎？真的那麼糟？我馬上過去……」

「……」

「不在她的屋子了？那她現在在哪裡？」

「……」

「我的天呀！地址是？」

「……」

12　莎士比亞《第十二夜》，第一幕第五景。

「公園道三號，對不對？三號對吧？謝謝。」

列寧娜先聽見話筒掛上，接著是一串急促的腳步，還有甩上門的聲響。一片寂靜。他真的出去了嗎？

她格外小心地開了門，只開了半公分，從縫隙偷看，看見一屋子空蕩蕩，才把門開得大一些探出頭來。然後她躡手躡腳踏進房裡，站了幾秒，一顆心狂跳，張大耳朵聽著，最後才敢衝到前門，打開門、鑽出去、甩上門、拔腿就跑。一直到搭上電梯順利下樓，她才覺得自己真的安全了。

14

臨終醫院是棟六十層的大樓，位在公園道上，外牆貼著鵝黃瓷磚。野蠻人下計程直升機時恰好遇見一列色彩繽紛的機隊呼呼噗噗升空，箭一般往西急駛而去，要護送靈柩到司勞火化場。他向電梯前值班的門房問了一下，接著就坐電梯下到十七樓的八十一號病房（門房說，那是急速老化病房）。

病房頗大，陽光配上漆成黃色的牆壁，相當明亮。裡頭有二十張病床，沒一張空的。死亡來臨之前，琳達並不孤單，有其他病人，各式現代化設備也一應俱全。病房內，輕鬆歡樂的合成音樂從不間斷。每張床尾都有台電視機，對著床上的垂死之人，如同永不關上的水龍頭，從早到晚不停放送。每十五分鐘，房內的氣味香水就會自動更新。「我們努力在這裡營造出愉悅的氣氛，介於五星級飯店和一流實感電影院之間的氛圍。您懂我說的吧。」門口負責接待野蠻人的護士說道。

「她在哪？」野蠻人問，完全不理會護士悉心介紹。

護士有點被激怒，說：「你**趕時間**呀。」

「還有希望嗎？」他問。

「你是問她有可能不死嗎？」（他點點頭。）「不可能。當然不可能。人只要送到我們這裡，就沒有……」護士瞥見他蒼白痛苦的神情，立刻打住，問道：「怎麼了？有什麼不對勁嗎？」訪客有這種反應，她很不習慣（這裡不常有訪客，訪客也沒有什麼理由到這裡來）。「你是不是身體不舒服？」

他搖搖頭，以幾乎聽不見的聲音說著：「她是我母親。」

護士驚恐地看著他，然後又很快地轉開。她從脖子到太陽穴全漲得通紅。

「帶我去見她。」野蠻人努力維持正常鎮定的口氣。

護士依舊紅著臉，領他穿越病房。病床上的那些面孔依舊年輕，看不出歲月的痕跡（老化來得太快，來不及爬上臉，心跟腦就已經腐敗），一個個轉過來看著他們走過。空洞無生氣、彷彿第二嬰兒期的眼神緊緊跟隨他們。野蠻人不禁打了個冷顫。

琳達的病床在最裡面，靠牆。她靠枕頭撐著身體，盯著床尾電視裡的南美黎曼曲面網球準決賽，無聲的比賽被限在一小方螢幕裡。螢幕上，小小人兒毫無聲響地衝過來衝過去，像魚缸裡的魚兒，居住在另一個世界裡，無聲無息卻好動不已。

琳達臉上掛著微弱恍惚的微笑。她臉龐蒼白浮腫，洋溢著蠢人才有的幸福。她雙眼時開時閉，有幾秒鐘看起來像在打瞌睡，沒一會兒，又會忽然驚醒，看著水族箱世界般的網球賽，聽著超級維利茲歌唱機播放的〈擁抱我，在迷茫以前〉，或聞聞頭上通風口吹來的馬鞭草香。這些東西總能喚醒她。或者該說，這些美妙事物構成的夢境，在經過她血液裡甦麻的轉換點綴，總能讓她醒過來，臉上掛著殘破失色的笑容，像嬰兒般滿足。

「好了，我得離開一下。」護士說道。「有一批小孩要到了。而且，那邊的第三床，」她指向病房另一側，「隨時可能會斷氣。好吧，你就自己在這裡吧。」說完便快步離開。

野蠻人在病床邊坐下。

「琳達。」他拉著她的手，輕聲喚著。

聽見有人喊她名字，她回過頭。原本渙散的眼神因認出他而明亮起來。她緊握他的手，笑著，嘴唇動了幾下，忽然頭往前一傾，睡著了。他坐著看琳達，想在這具疲憊的身軀中找回那張年輕的臉，小時候在馬爾帕依斯那張常俯身看著他的臉。他閉上眼，回想她的聲音、動作，還有他倆一起生活的點點滴滴。「G鏈球菌到班伯里T……」她唱起歌來真好聽！還有他們唱過的童謠，真是古怪神祕。

ＡＢＣ和維他命Ｄ，
脂肪肝中流，鱈魚海中游。

回想起童謠跟琳達反覆念誦的聲音，他熱淚盈眶。他還想起她教他認字：貓兒墊上坐，嬰兒盆裡窩；教他讀《胚胎之化學及細菌制約訓練：貝塔族胚胎貯存室工人作業手冊》。還有漫漫長夜裡兩人火邊相依偎。或是夏夜裡，兩人在小屋屋頂上，聽她說異界裡的事情，那美妙的異界，記憶中就像是充滿美善的天堂。儘管已經見過真實的倫敦和所謂的文明人，他記憶裡的異界，依舊是從前那完美無瑕的世界。

突然尖叫聲一陣陣傳來，他睜開眼，胡亂拭去淚水，察看發生什麼事。一群八歲大的孿生男孩，川流不息地湧入病房。一個又一個，一張又一張一模一樣的臉孔，就這麼湧了進來。簡直就像夢魘。那麼多人，卻都是同一張臉，瞪著蒼白大眼，兩個大鼻孔，四處胡亂張望。小孩全穿著卡其制服，進門來，個個張著嘴，尖叫吵鬧。有那麼一瞬間，病房好似爬滿了蛆。小孩竄到病床旁，有的爬上爬下，有的偷看電視，還有些對病人做鬼臉。

他們被琳達嚇了一大跳，心裡很害怕。有一票小孩站在她床尾，一臉驚恐，還帶著忽然遭遇未知、生物本能般的愚蠢好奇。

「哇！你們看！快看！」小孩低聲說著，有些害怕。「這人到底怎麼了呀？她怎麼這麼胖？」這群孩子從未見過那種面孔，那種不再年輕、鬆垮垮的臉和不再苗條直挺的身軀。其他等死的病人，雖都六十開外，卻仍保有少女般的外表。相形之下，四十四歲的琳達簡直像一頭鬆弛變形的老怪物。

「她看起來好噁心。」孩子們低聲議論著。「看她的牙齒！」

忽然有個臉似哈巴狗的孩子，從病床下鑽到約翰的椅子跟牆壁之間，偷看琳達的睡臉。

「我猜……」那孩子說，但話還沒說完便只剩一聲尖叫。野蠻人一把揪著他衣領，把他抬到椅子上，重重甩了一耳光。孩子哭嚎著跑走了。

聽見叫聲，護士長急忙趕來處理。

「你對他做了什麼？」她不客氣地問著。「我不准你打小孩。」

「那就不要讓他們靠近這張床。」野蠻人氣得發抖。「這些討人厭的小傢伙在這裡幹什麼？真不像話！」

「真不像話？你是什麼意思？他們是在接受死亡制約訓練。我告訴你，」護理長惡狠狠地警告他：「如果你膽敢再干擾他們的制約訓練，我會叫門房來把你攆出去。」

野蠻人起身，朝她走了兩步，無論舉止表情都很嚇人，令護士長恐懼地往後退。他很努力才克制自己，最後一言不發，轉身走回病床旁坐下。

護士長鬆了口氣，故意擺起架子說：「我警告過你了，請注意言行。」但這話說得沒有字面上那麼堅定，夾雜了點畏懼。她帶著那些問個不停的孿生小孩走了，讓他們到病房那頭跟一位護士玩「找拉鍊」遊戲。

「去休息吧，去喝杯咖啡因溶液。」護士長對另外一位護士說道。她因為展現了自己的權威而重拾信心，覺得好多了，叫道：「好了，孩子們。」

琳達睡不安穩，翻來覆去，睜眼左右張望了一會兒，隨即又沉沉睡去。野蠻人坐在她身旁，努力尋回幾分鐘前的心情。「ABC和維他命D。」他反覆唱誦，彷彿這些話是咒語，能喚回一去不返的過往。但咒語似乎沒起什麼作用。美好的回憶依舊拒絕接受召喚，喚來的盡是可憎的嫉妒、醜惡和不幸。波普肩上淌著血的傷口，琳達睡得不省人事，在床邊梅斯卡爾酒上飛舞的蒼蠅，還有胡亂取笑他的男孩們……啊！不！不！他閉上眼，猛搖頭，不願這些回憶進入腦海。「ABC和維他命D。」他努力回想自己坐在琳達膝蓋上，任她抱著唱歌謠，一次又一次，她摟著他輕搖，搖到他入睡。「ABC和維他命D。維他命D，維他命D……」

超級維利茲歌唱機放送的歌曲來到一個啜泣般的最強音。突然間，香氣循環系統裡的馬鞭草香換成了強烈的廣藿香。琳達動了一下，醒了過來，困惑地盯著網球準決賽幾秒鐘，然後抬起頭，嗅了嗅空氣中的新香味，露出嬰孩般陶醉的笑容。

「波普！」她輕喚，閉上眼說：「啊！我喜歡你這樣，我好喜歡……」她嘆了口氣，再度沉回枕頭中。

「琳達！」野蠻人哀求地說著：「你不記得我了？」他這麼努力想盡辦法，但她竟然忘了他。他狂暴地捏著她無力的手，像要逼她脫離那見不得人的愉悅夢境，要她離開那些下流可憎的記憶裡，要她回到現實，回到糟糕透頂卻意義崇高的現實。正是因為現實如此逼人令人畏懼，才顯得那樣有意義。「你不記得我了嗎？琳達！」

她輕握他的手回應，他簡直要哭了，趕緊彎下身親了她一下。

她雙唇微動，輕聲說著：「波普。」他像是被一坨屎砸到一樣不堪。怒氣不斷攀升，他再度受挫，哀傷的情緒朝另一個出口流去，轉為悲憤。

「是我！我是約翰呀！」他大聲嚷著。「我是約翰！」憤怒悲哀交錯之下，他抓著她肩膀用力搖。

琳達看了他一眼，認出他來，喚道：「約翰！」卻錯把這張再真實不過的臉、那雙真實有力的手置於自己的想像世界。在她的私密世界裡，有著近似於廣藿香與超級維利茲歌唱機構成的氛圍，也有美化後的記憶以及各種錯置的官能。這一切構成了她內心的小宇宙。她知道他是約翰，知道他是她的孩子，卻誤以為她正跟波普在天堂般的馬爾帕依斯共享甦麻，而約翰闖了進來。她以為他是因為她喜歡波普而生氣，也以為他是因為波普躺在她身邊才這麼對她，好像她這麼做是不對的，彷彿文明人都不會幹這種事。「人皆屬他……」她話說到一半，聲音忽然沒了，只剩下幾乎聽不見的吸氣聲，她張大了嘴，用盡全力想把空氣吸進肺裡，卻好像忘了該如何呼吸。她想大叫，卻沒聲音。一雙圓瞪大眼裡的恐懼才看得出她此刻的痛苦。她手伸向喉嚨，試著想抓空氣，抓住她再也吸不了的空氣，抓住對她而言已不存在的空氣。

野蠻人趕緊起身，彎腰傾聽。「什麼？琳達，你要說什麼？」他苦苦哀求，希望盼得一句撫慰他的話。

而她望著他的眼神卻只有難以言喻的恐懼，那恐懼在他看來，倒像是指責。她試著要把自己撐起來，卻又陷進枕頭堆裡，一臉扭曲，嘴唇發紫。

野蠻人轉身，奔向病房另一側。

「快來！快來！」他大喊著。「快來呀！」

護士長身邊圍著找拉鍊的孿生小孩，她聽到聲音回過頭來，先是嚇了一跳，馬上不高興起來。「不要大吼大叫！請替這些孩子想想好嗎？」她皺眉說著。「你這樣可能會破壞制約……你要幹嘛？」約翰穿過那群孩子。「小心！」有個小孩嚷嚷著。

「快來！你快來！」他拉著護士長衣袖，把她拉走。「快點，她不太對勁。我可能害死她了。」

他們倆走回琳達床邊時，她已經斷了氣。

野蠻人站了好一會兒，沉默無語，然後跪在床沿，掩面啜泣無法自已。

護士長一時不知所措，看了看眼前這個跪在地上的傢伙（真是丟死人的舉動），又看看孩子們，他們早忘了手上的遊戲，眼睛鼻孔都瞪得一樣圓，全望著二十號病床前上演的這一幕。她該跟他說話嗎？該不該趕快讓他恢復理智？是不是該提醒他身在何處？提醒他會對這些可憐無辜的孩子們造成多大危害？這人這麼一吼，孩子們先前的制約訓練全都毀了。吼得彷彿有人死了是什麼大事一樣，難道他以為一個人這麼有價值嗎？這麼一吼，孩子們可能以為死亡很可怕，也可能讓他們產生錯誤的制約反應，學到不合社會規範的表現。

她走向前，碰碰他肩膀。「請你自制一點好嗎？」她低聲不耐地說道。回過頭，她卻發現孩子們圍成的遊戲圈子已經潰散，幾個小孩站了起來，朝這兒走來。要不了多久……不行，這代價太高了。孩子們這六、七個月的訓練可能全得重來。她匆匆奔回孩子身邊。

「誰想吃巧克力閃電泡芙？」她刻意開心高聲問著。

「我！」整個波康諾夫斯基群體異口同聲叫道。再沒人關心二十號病床發生了什麼事。

「啊！上帝呀！上帝呀！上帝呀……」野蠻人不停喃喃自語。他心裡太過悲傷自責，這是他唯一說得出口的話。「上帝呀！」他高聲嘟囔著：「上帝呀！」

「他到底在說什麼啊？」超級維利茲歌唱機的歌聲中竄出一道尖聲問道。

野蠻人，放下掩面的手，回頭望去。五個穿卡其制服的孿生子，手裡都拿著一截吃剩的閃電泡芙，臉上到處有巧克力印子，他們站成一排，像哈巴狗一樣望著他。

這幾個孩子迎上他的眼神，同時咧著嘴笑。有一個用吃剩的閃電泡芙指著問。

「她死了嗎？」

野蠻人沒說話，瞪著他們一會兒。接著，他靜靜站了起來，又緩緩走向門口。

「她死了嗎？」那個小孩跟著他，又問了一次。

野蠻人低頭看看他，沒出聲，只是把他推開。孩子跌坐在地，哭了起來。野蠻人頭也不回地走了。

15

公園道臨終醫院的底層員工一共有一百六十二人，分成兩組戴爾它波康諾夫斯基群體，一組是八十四名紅髮女性，另一組則是七十八名黑皮膚長頭顱男性。六點鐘，一天工作結束後，這群員工會集結在醫院前廳，等待副出納員發放甦麻。

野蠻人出了電梯，走進這群人中間，心卻不在那裡，他滿腦子都是死亡、悲傷、自責。就這樣，他絲毫沒注意到自己在幹嘛，開始用力擠過人群。

「擠什麼？」「要擠到哪裡去啦？」

明明這麼多人，卻只有兩種嗓音，一高一低，一尖叫一咆哮。人一個又一個，卻沒半點不一樣。他彷彿對著一列永無止境的鏡子，裡頭只有兩種臉孔，一種臉蛋光滑圓潤，帶著點點雀斑，配上紅髮，另一種臉龐削瘦，臉上一圈鳥嘴般的鬍碴，看起來至少兩天沒刮。全都轉過頭怒視。他們張口議論，推擠之中撞到他肋骨，忽然喚醒失神的他。他又回到現實，環顧四周，他知道看見什麼。這情景，他雖害怕厭惡，卻再熟悉不過。那不正是日夜不斷苦苦糾纏他的夢魘，一張張完全相同的面孔構成的夢魘。孿生子、孿生子……他們如蛆一般湧入，霎時吞噬了琳達死去後他心裡的神祕感受。蛆又來了，愈來愈大，一條條成熟的蛆爬上他心裡的憂傷跟悔恨。他停下腳步，驚疑交加地看著眼前的卡其制服大軍。他在人群中，足足高出一個頭。「這裡有如此多美妙的人兒！[1]」如歌的字句像是不屑地譏諷著他。「人類多麼美好！啊！美麗的新世界！」

「開始發放甦麻！」一個響亮的聲音傳來。「請保持秩序，靠過來，動作快。」

有扇門開了，搬出了一張桌子、一把椅子，擺在前廳。方才的聲音來自一個年輕活潑的艾爾發族，他手持一個黑色鐵箱進來。孿生子一個個充滿期待，漸漸鼓譟了起來，同時忘了野蠻人的存在。所有人只看著那個黑鐵箱，看著年輕人把箱子放上桌，開鎖，打開蓋子。

「喔！喔！」一百六十二人異口同聲讚嘆著，彷彿在看煙火。

年輕人撈起一整把小藥盒，命令道：「請往前。一個一個來，不要推擠。」

孿生子們一次一人上前，沒有推擠。先是兩個男人，接著是一個女人，然後又一個男人，後面跟著三個女人，還有……

---

1 莎士比亞《暴風雨》，第五幕第一景。

野蠻人站在那兒看著。「啊！美麗的新世界、美麗的新世界呀！」在他心中，這些有如歌聲的話語似乎自行轉了調，不停拿他的不幸跟自責來嘲笑他，以最最尖酸苛刻的語氣嘲弄著他、殘酷地譏笑，那聲響不斷強調這場夢魘多麼卑鄙、多麼醜陋不堪。「啊！美麗的新世界。」突然間，聲響如同出征號角又再度響起。米蘭達在《暴風雨》中如此呼告時，召喚的是未知的美好，一種得以將夢魘轉為美善的期待。「啊！美麗的新世界！」這句話是戰帖，是不得不從的命令。

「那邊不要推擠！」副出納員很不高興，立刻蓋上箱子，又說：「再不守規矩，我就不發了。」

戴爾它們咕噥了一會兒，推推左鄰右舍，然後又回到平靜。威脅奏效。不給甦麻！光用想的就覺得可怕。

「這樣好多了。」年輕人邊說邊打開箱蓋。

琳達活著的時候，是甦麻的奴隸。她死了之後，其他人應該要能活得自由些，這麼一來世界才能真的更美好。這是一種補償，是必須做的。就在那瞬間，野蠻人突然明白了，就像緊閉的百葉窗一瞬間忽然拉開，他終於知道自己該做什麼。

「下一位。」副出納員說道。

另一個穿卡其制服的女人站上前來。

「住手！」野蠻人叫聲響亮。「住手！」

他推開身邊的人，一路來到桌前。戴爾它們驚訝地盯著他。

「福特呀！」副出納員低呼：「是那位野蠻人！」他心裡有些恐懼。

「聽著，求求你們，」野蠻人真誠地大喊：「請聽我說。」他從不曾在這麼多人面前說話，覺得要把心裡想說的話都說出來實在不容易。「那東西很可怕，千萬不要吃。那是毒藥！是毒藥！」

「我說呀，野蠻人先生。」副出納員面帶笑容說著，想讓他冷靜下來。「可不可以讓我……」

「那會毒害身體，也會毒害靈魂。」

「好好好，可不可以讓我繼續發完呢？這樣才對嘛。」副出納員輕輕拍了拍野蠻人的臂膀，像是安撫凶猛出了名的動物一樣，「讓我……」

「才不要！」野蠻人叫道。

「聽好了，你這傢伙……」

「全都丟掉，那些可怕的毒藥。」

「全都丟掉」這幾個字一層一層穿透戴爾它工人的模糊意識，直達深處。群眾騷動起來。

「我是來解放你們的。」野蠻人對人群說：「我是來……」

副出納員沒聽見後面的話，因為他已經溜出前廳，忙著翻查電話簿了。

「他屋裡沒人，不在我這兒，也不在你那兒。沒去愛神俱樂部、制約中心或學院，那他到底去了哪？」柏納說。

赫姆霍茲聳聳肩，也沒答案。他們倆下了班，以為野蠻人會在常碰面的一兩個地方等他們，但到處都找不到他。沒事行蹤不明實在很討厭。他們原先打算搭赫姆霍茲的四人座高速直升機去比亞里茲，他要是再不出現，他們就趕不上晚餐了。

「再等個五分鐘好了。」赫姆霍茲說。「過五分鐘他還不來，咱們就……」

電話響了，打斷赫姆霍茲的話。他接起電話，「你好，是，我就是。」他聽了好一會兒，突然咒罵道：「去你的福特！我馬上到。」

「怎麼了？」柏納問。

「我認識的一個朋友在公園道臨終醫院工作，他打來的。」赫姆霍茲說。「野蠻人在那裡，失去理智抓狂了。總之，聽起來狀況很糟，你要跟我一起過去嗎？」

兩人急急忙忙穿過走廊，跑向電梯。

「你們就這麼想當奴隸嗎？」他倆一走進醫院，就聽見野蠻人這麼說著。他說得一臉紅，兩眼憤慨亮如火。「你們這麼想當嬰兒嗎？對，嬰兒，只會哇哇哭個不停跟嘔吐。」眼前的聽眾本是他要解救的對象，無奈過於駑鈍，他氣得忍不住開始罵人。可惜，就連謾罵，也穿透不了那層無堅不摧的駑鈍，只換得空洞的神情跟倦惡的眼神。「你們就只會嘔吐！」他簡直是用吼的。什麼哀傷自責、什麼同情責任，他已經全拋在腦後，骨子裡反倒不斷湧出恨，他恨這些只算得上是禽獸的傢伙。「你們難道不想享受自由、不想好好當個人嗎？什麼是人？什麼叫自由？你們究竟懂不懂？」盛怒之下，想說的話一股腦兒湧了上來，他一鼓作氣說著。「你們懂不懂呀？」他又問了一次，但無人回應。「那好，」他冷冷地說著：「讓我來教你們。不管你們要或不要，我今天就**讓你們自由**。」說完，他推開面向醫院內院的一扇窗，一整把一整把地把甦麻小藥盒扔出去。

有那麼一瞬間，卡其群眾動也不動，吭都沒吭半聲，只是望著這齣褻瀆不敬的鬧劇，看得驚呆了。

「他瘋了。」柏納瞪大雙眼，小聲說著。「他們會殺了他的。他們會……」人群之中忽然傳來吼聲，人群如浪，帶著敵意朝野蠻人湧去。「福特救救他呀！」柏納不敢看下去。

「福特助自助者。」赫姆霍茲笑了，顯得非常高興，一邊擠入人群中。

「自由！自由！」野蠻人喊著，一手不停扔甦麻，另一手則抵擋孿生子大軍的攻擊。「自由！」忽然間，赫姆霍茲已經站在他身邊。「好一個赫姆霍茲！」幫忙他回擊，「終於碰到真正的人！」並且趁隙出手扔掉甦麻。「對，這才是人！人！」最後，甦麻扔光了，野蠻人亮出箱子，裡頭空無一物，只見黑色箱壁。「你們自由了！」

戴爾它們怒吼著，攻擊比先前更加猛烈。

柏納站在火線邊緣，心想「他們死定了」，有股衝動想上前去幫忙，才剛起步，卻打消念頭停住，想想又覺得慚愧，再跨步出去，卻又改變主意，於是便杵在那裡痛苦掙扎。他心想，要是他不去幫忙，他們倆肯定會被打死，但又想，如果出手幫了，可能連自己的命也賠進去。就在這時候，戴著護目鏡跟防毒面罩的警察衝了進來（感謝福特）。

柏納立刻上前去會合警察，加入戰局。他揮舞手臂；至少他採取了行動，盡了點力。柏納猛喊「救命」，喊了好多次，愈喊愈大聲，大聲到他真以為自己幫上了忙。「救命！救命！救命！」

警察把他推開，繼續執行工作。三個警察肩上扣著噴霧器，不停噴灑氣態甦麻。有兩個忙著架設合成音樂播放箱。另外四個則手持強力麻醉水槍，有條不紊地走進人群中，一柱柱直接瞄準凶狠暴力的滋事者。

「快點！快點！」柏納喊著。「你們再不快點，他們會被打死的。他們會……啊！」有個警察受不了他嘮叨，射了他一槍麻藥。中槍後一兩秒，柏納雖站著，兩腿卻似沒了骨頭肌腱肌肉一樣，活像果凍條晃呀晃的，最後，也稱不上是果凍了，像水一樣，他癱倒在地。

那時，合成音樂箱傳來聲音，那是理智之聲，是喜悅之聲。錄音帶播放起反暴動演講第二講（中等強度）。打自（某個根本不存在的講者）內心深處，呼喚著：「朋友們！我的朋友們！」這聲音，柔情之中帶有一絲責備，不斷熱切呼喚著，就連防毒面具後的警察，一時也紅了眼眶。「何必這樣呢？大家一起開開心心規規矩矩的不是很好嗎？要開心、要守規矩。」那聲音又說道：「平平靜靜的，平平靜靜的。」聲音忽然一抖轉為低沉耳語，隨即嘆了口氣又說：「我多希望大家規規矩矩的！要規矩呀、要……」

兩分鐘過後，理智之聲與氣態甦麻起了作用。戴爾它們一個個熱淚縱橫，相互擁吻。七、八對孿生子一下子抱成一團。就連赫姆霍茲跟野蠻人也差點跟著哭了。財務處趕緊補上新的藥盒，匆匆送到大家手上。孿生子們慢慢解散，在理智之聲富含感情、渾厚低沉的道別聲中，心碎般啜泣不已。「再見了，我的朋友。我最最親愛的朋友。願福特保佑你！再見了。我最最親愛的……」

最後一批戴爾它工人離開後，警察關掉電源。天使般的聲音隨之沉寂。

「你們要不要自己乖乖走過來？還是要我們用麻醉槍？」巡佐比著手上的麻醉水槍說。

「我們會乖乖過去。」野蠻人回答，同時輕摸嘴上的撕裂傷、頸子上的抓傷跟左手上的咬傷。

赫姆霍茲一邊用手帕按著鼻子止鼻血，一邊點頭表示同意。

柏納醒過來，雙腿一恢復知覺後，立刻躡手躡腳往大門走去。

「那邊那個，你過來！」巡佐說，另一個警員，臉上還戴著豬鼻似的防毒面具，立刻走到他身邊，一手搭住他的肩。

柏納盡是一臉無辜。要逃走嗎？他想都不敢想。「長官，我實在不知道為什麼你要抓我。」他對巡佐說。

「你是這兩個犯人的朋友吧，是吧？」

「呃……」柏納說不出口。不，他實在沒辦法否認。「我怎麼可能不是呢？」他反問。

「那就對了，過來吧。」巡佐說完領頭走出大門，上了在外頭待命的警車。

16

三個人被押送到一個地方，是管理者的書房。

「管理者閣下稍後就到。」伽瑪族管家說完就離開了，留下他們三人。

赫姆霍茲大笑了起來。

「這稱不上是審判吧，倒比較像咖啡因溶液派對。」他說，坐進一張極豪華的氣動椅中。「笑一個吧，柏納。」看著身旁朋友一臉苦瓜臉，他這麼說著。但柏納一點也開心不起來，沒答話，也沒轉頭看赫姆霍茲一眼，兀自找了屋內最不好坐的一把椅子坐下，暗暗希望這麼做可以多少減少上頭的怒氣。

野蠻人則好奇地四處走個不停，打量著架上藏書、標號建了檔的紙錄音帶和朗讀機捲筒。窗下茶几上擺著一本厚重的大書，以黑色人造軟皮裝訂，上頭印著大大的金色T字。他取了書並翻開。《我的人生與事業》，吾主福特著。底特律福特學傳布會印行。他隨意翻了幾頁，這邊讀個幾句、那邊看個兩段，最後發現內容根本不吸引人。就在此時，門開了，現任西歐管理者踏著敏捷的步伐走了進來。

穆斯塔法．蒙德先後跟三人握了手，但只對野蠻人自我介紹。他說：「所以，野蠻人先生，你不喜歡文明嗎？」

野蠻人看著他，本打算胡謅或吹噓一下，再不然就乾脆臭臉沉默以對，不過管理者的面孔聰明和善，使他安下心，決定據實以告。「對，不喜歡。」他搖搖頭說。

柏納聽了一驚，簡直嚇壞了。管理者會怎麼想？這麼坦白說不喜歡文明，而且還是當著管理者的面。被當作這種人的朋友，下場一定很慘。「可是，約翰。」柏納趕緊開口，但穆斯塔法．蒙德看了他一眼，他只好恭恭敬敬閉上嘴。

「我承認，」野蠻人說：「文明社會有不少好東西，例如，空中隨時有音樂……」

「有時，千百種樂器在我耳邊錚錚作響，有時，則是聲音[1]。」

一抹喜悅抹去了野蠻人臉上的陰鬱。「你也讀過莎士比亞嗎？我還以為英格蘭沒人知道他的書。」

---

1 莎士比亞《暴風雨》，第三幕第二景。

「幾乎沒什麼人知道。我是極少數讀過的人。是這樣的，莎士比亞的作品在這裡是禁書。但訂下法律的既然是我，我就算不遵守也無妨，不會受責罰。至於馬克斯先生，」他轉過頭對柏納說：「恐怕你就不一樣了。」

柏納的絕望慘境更下一層。

「可是，為什麼要禁止呢？」野蠻人問。巧遇知音，他開心得暫且將其他事情拋諸腦後。

管理者聳聳肩說道：「最主要是因為這作品很古老。在這裡，老舊的東西我們一概不要。」

「就算是美好的事物，也不要嗎？」

「愈是美好的事物，愈不能要。美，會讓人分心。我們可不希望大家把心思花在古老的東西上。心思應該花在新事物上。」

「可是，新事物往往沒有智慧又沒有美感。看看那些可怕的戲劇，不就是直升機飛來飛去，主角親來親去，再讓你感受那種感覺。」他皺眉說著：「不過是山羊跟猴子，畜生[2]！」此時只有《奧賽羅》中的台詞足以表達他的不屑與厭惡。

「但山羊跟猴子可是溫馴的好動物。」管理者補充道。

---

2 莎士比亞《奧賽羅》，第四幕第一景。

「為什麼不換成《奧賽羅》讓大家讀呢？」

「我說過了，那是舊東西。更何況，這裡的人讀不懂的。」

此言確實不假。他還記得上回赫姆霍茲聽《羅密歐與茱麗葉》時笑成什麼模樣。「或是，讓大家讀些跟類似《奧賽羅》的新作品呢？這樣他們就讀得懂了。」

「這就是我們一直想寫的東西。」赫姆霍茲終於打破沉默開口。

「絕對沒有人寫得出來的。」管理者說。「不管是多新的作品，要是真像《奧賽羅》，那大家絕對讀不懂。再說了，新作品也不可能像《奧賽羅》。」

「為什麼不可能？」

「對呀，為什麼不可能？」赫姆霍茲也質疑。他跟野蠻人一樣，一時忘了自己身陷什麼不利處境。只有柏納記得，焦急擔憂得臉都綠了，但他們不理會他。「為什麼不可能呢？」

「因為我們身處的世界早已和奧賽羅的世界不同。沒有鋼鐵，就沒有汽車。同理，社會不動盪，就寫不出悲劇。但此刻，社會十分穩定。人人快樂開心，想要什麼就有什麼，也不會奢望得不到的東西。生活富足，安全無虞，不生病也不怕死。他們蒙受極大恩澤，沒有情緒、不會老化。不用擔憂父母、無需牽掛妻兒愛人。制約訓練得很好，他們行為舉措根本不可能不照著訓練來。萬一事情出錯，還有甦麻。也就是你以自由之名扔出窗外的東西。自由！」他笑著說：「竟然想讓戴爾它族了解什麼叫自由！還想讓人看懂《奧賽羅》！好傢伙！」

野蠻人沉默了一會兒才開口：「無論如何，《奧賽羅》是好作品，比實感電影好多了。」他堅持道。

「那確實是好作品。」管理者附和。「不過，社會要穩定，就得付出一定代價。只能在快樂跟古代所謂的『精緻藝術』之間擇其一。我們選擇捨棄精緻藝術，以實感電影跟氣味風琴來取代。」

「那些東西根本沒有意義。」

「他們的存在就是意義。他們為觀眾帶來許多愉悅的感受。」

「但是……那種故事，根本是白癡寫出來的。」

管理者笑道：「你這麼說可就冒犯你朋友華生先生了。他是我們這兒數一數二的情緒工程師呢。」

「但他說的沒錯。」赫姆霍茲幽幽地說著。「的確很白癡。明明沒什麼東西可寫，卻還是寫出一堆……」

「是啊！但那才需要極高的才華。就像只拿一點點鋼材就做出一輛車一樣，你別無所有，只靠純然官能感受就寫出了藝術作品。」

野蠻人搖了搖頭，說：「我怎麼聽都覺得這很可怕。」

「當然！在真實的快樂面前，這種過度滿足怎麼看都很猥瑣。穩定當然也不如動盪來得好看。安逸於現況，怎樣也比不上勇敢對抗命運、比不上堅決抗拒誘惑、更比不上被情緒猜疑擊潰的致命打擊來得光彩美麗。快樂本來就不偉大。」

「我想也許是吧。」野蠻人沉默了一會兒，又說：「但一切真的都要弄得像那些孿生子一樣可怕嗎？」他手在眼前揮舞，想甩開腦中揮之不去的影像：那一排又一排蛆一般的生物，在組裝桌前工作，在賓福特單軌車站外排隊，在琳達病榻旁圍觀，還有上前攻擊他的那一張張相同的臉。他看著包紮好的左手，忍不住打顫，說：「太噁心了。」

「但功用可大了。我看得出來你不喜歡波康諾夫斯基群體。但我告訴你，他們是這社會一切體系的基石。他們是陀螺儀，有了他們，世界國這高速飛行的火箭才能航行在軌道上永不偏移。」那低沉的嗓音帶著微微顫動，配合生動誇張的手勢，比劃著一切有多麼宏大、國家機器又是如何不受阻礙向前衝刺邁進。穆斯塔法·蒙德此時的演講，簡直跟合成音樂播放器中播出來的一樣完美。

「但我很疑惑，你們為什麼要製造這樣的人。既然你們什麼樣的人都造得出來，為什麼不把所有人都造成艾爾發正族就好了呢？」

穆斯塔法·蒙德笑了，答道：「因為我們可不想一不小心就沒了性命。我們所信仰的，是快樂與穩定。一個全由艾爾發族組成的社會，卻只會走向動盪不幸。想像一下，要是一間工廠的工人全是艾爾發族，人人不同，個個都有良好基因，受過制約訓練，有能力自由選擇（雖然選項有限）與承擔責任。想像一下！」

野蠻人試著在腦中想像，但不大成功。

「那會極端荒謬！一個人，脫瓶生為艾爾發族，受的制約訓練也是艾爾發族的，如果要他去幹愛普西隆族那些笨蛋的工作，他會瘋的，肯定會開始搞破壞。艾爾發族可以完全社會化，但前提是要讓他們做屬於艾爾發的工作。唯有愛普西隆族才需要受到愛普西隆的限制，因為他們根本不覺得自己受限。他們是最沒有反抗心理的族群。所受過的制約訓練早已替他們鋪下人生的既定道路。他們無法不照著走，一切都設定好了。即使脫了瓶，這些人其實仍活在瓶中。瓶子無形，帶著跟胚胎嬰兒一般的限制。話說回來，我們每個人，」管理者的話經過了一番深思：「一生其實也都活在瓶子中。如果剛好生為艾爾發族，瓶子就大得多。但如果把艾爾發族裝進狹窄的空間裡，那就會活得很辛苦。總不能把高檔人造香檳裝進低等瓶子裡。這完全不可行，也已經獲得證實。從賽普勒斯的實驗結果就看得出來。」

「那是什麼？」野蠻人問。

穆斯塔法．蒙德微笑說：「你可以說它是一個重新裝瓶的實驗，開始於福特紀元四七三年。當時管理者們將賽普勒斯島上居民全遷走，讓特別挑選過的兩萬兩千個艾爾發族人住到島上，並賦予所有農業工業設備，一切皆由他們自治。實驗結果正如同預期，農事生產不利、工廠時有罷工、居民無視法律、社會毫無秩序。低階工人整天想著怎樣往上爬，高階職務的人忙著防堵爭上位的人。不到六年，島上就爆發劇烈內戰。一萬九千人喪命，倖存者則一致請求世界國的統治者重新接管當地政權。世界國立刻接管了，世上唯一全由艾爾發族組成的社會從此終結。」

野蠻人長長嘆了口氣。

「最理想的人口分布，」穆斯塔法．蒙德說：「就跟冰山一樣，九分之一在水面上，九分之八沉在水裡。」

「水下的人就心甘情願待在那兒嗎？」

「比待在水面上開心。他們可比你那兩位朋友開心多了。」他指著那兩人說。

「就算他們的工作糟透了也一樣嗎？」

「糟透了？他們才不這麼想。相反地，他們很喜歡呢。輕鬆又簡單，身體心理都沒有壓力。一天工作七點五個小時，溫和不累的工作過後，可以享受甦麻配給、運動遊戲、毫無拘束的性生活跟實感電影。還有什麼好不滿足的嗎？當然，也曾有人要求縮短工時。這點我們辦得到。技術上來說，要把所有下等階級的一天工時縮短到三、四小時，完全沒有問題。但他們會因此過得更開心嗎？不會。大約一百五十年前曾經有過實驗測試，全愛爾蘭的人一天都只要工作四小時。結果呢？

人心惶惶，甦麻的使用量大幅上升。一天多出三個半小時的休閒時光無法帶來快樂，更逼得人們覺得應該靠甦麻來度個假。計畫辦公室裡，縮短工時的計畫堆積如山，有好幾千份。」穆斯塔法．蒙德比了個手勢，表示數量很大，「為什麼我們不執行呢？都是為了勞工好。過多的休閒對他們來說會是酷刑。農作也一樣。不管什麼食物，只要我們想要，都能人工合成出來。但我們不這麼做，特意讓世上三分之一的人負責農作，這都是為了他們好，畢竟從工廠做出食物可比從地上種出東西來得快多了。況且，還要顧及社會穩定。我們不要改變。任何改變對社會都是威脅。這也是我們吝於拓展創新的原因。科學每出現重大發現，便可能帶來變革。所以科學也是這社會的潛在敵人。沒錯，就連科學也是。」

科學？野蠻人皺起眉頭。這個詞他聽過，但究竟是什麼意思，他說不上來。不管是莎士比亞或村裡的老人都沒提過它，從琳達那裡也只問出一些隱約模糊的說法：有了科學，才有直升機；有了科學，玉米祭顯得可笑；有了科學，人們不長皺紋、不掉牙。他想破了頭，想弄懂管理者到底在說什麼。

穆斯塔法．蒙德說：「沒錯，這也是社會穩定所需付出的另一種代價。與快樂不相容的不只有藝術，科學也是。科學很危險，我們必須小心翼翼地囚禁它、束縛它。」

「什麼？」赫姆霍茲訝異地說：「但大家總說科學就是一切。睡眠學習時聽過無數次的一句老話呀。」

「從十三歲至十七歲，每週聽三次。」柏納插嘴道。

「我們在學院裡的科學宣傳口號也是……」

「對。然而，是哪種科學呢？」穆斯塔法．蒙德嘲諷地問道。「你們沒受過科學訓練，所以無從判別。我呢，在我那年代可是頂尖物理學家。我太聰明了，足以看穿我們一切的科學不過是一本烹飪書，記載了一套不容質疑的正統烹飪理論。如果沒主廚特許，有些菜還不能放進食譜裡。現在的我是主廚了，不過當年我還是好奇心十足的小廚工，開始自己燒一些菜，做法既不正統也不合法。而事實上，那就是一點真正的科學了。」說完，他沉默了一會兒。

「然後呢？」赫姆霍茲問。

管理者嘆了口氣，說：「跟你們現在的下場差不多。我當時差點就被送到一個島上去了。」此話逼得柏納激動起來，顧不得是否得體，大呼：「要把我送到一個島上嗎？」說完他整個人跳起來，衝到管理者面前說：「你不能把我送走。我沒做錯事。都是他們幹的。我發誓，都是他們幹的。」他指著野蠻人跟赫姆霍茲兩人控訴。「拜託，不要把我送到冰島。我保證，我一定會循規蹈矩。請再給我一次機會。求求你，再給我一次機會。」他眼淚掉了下來，邊啜泣邊說：「我說真的，都是他們的錯。千萬別讓我去冰島，管理者閣下，求求您了、求求您了……」他忽然一副可憐蟲的卑賤模樣，在管理者面前跪了下來。穆斯塔法．蒙德要拉他起來，但他怎樣就是跪著不起，說個不停。最後管理者只好按鈴叫第四祕書來。

「帶三個人來，」他命令：「送馬克斯先生到臥房，給他點甦麻蒸氣，然後讓他上床好好睡一覺。」

第四祕書走出去找了三個穿綠色制服的孿生男僕來。柏納被抬出去的時候，還在又哭又叫。

「別人看到了會以為他要上斷頭台呢。」門掩上時，管理者這麼說著。「其實，只要他有一點點理智，就會明白他的懲罰實際上是獎賞。被送到島上去，意味著他將有機會認識世上最有意思的一群男男女女。雖然情況各異，不過這些人都是因為自我意識太過強烈，無法融入社會才去那裡的。他們都看正規典範不順眼，很有自己的主張。簡單地說，在那裡，人人都可以當老大。華生先生，我心裡還有那麼點羨慕你們呢。」

赫姆霍茲笑了，問道：「那你怎麼不去呢？」

「因為我終究還是比較喜歡這裡。」管理者回答：「那時他們給了我兩條路，一是去島上，我可以專心研究真正的科學。二是進入管理者議會，未來可能成為世界管理者，承擔重責大任。我放棄了科學，選了後者。」他又沉默了一會兒才說：「有時候，放棄了科學我也有些後悔。快樂是難以取悅的主人，尤其是別人的快樂，就更難了。人得被制約到毫無疑問地接受快樂，否則替他們製造快樂可比追求真理難多了。」他嘆了口氣，停了一會兒，接著語調輕鬆下來：「不過，責任就是責任。人總不能靠喜好過活。我是對真理和科學有興趣沒錯，可惜真理是一種威脅，科學則會危害大眾。科學很危險，一如它很有利。科學賜給我們有史以來最安穩的社會。相較之下，古時候的中國簡直動盪不安。原始的母系社會也不如我們穩定。我必須說，這都要歸功於科學。但科學也可能瓦解這一切。我們不允許這種狀況發生，所以才仔細劃定科學研究的範疇，這就是我為什麼差點被送到島上去。科學只能研究現下最緊迫的問題，其他一概不准探究，極力防堵。」他頓了一下，又繼續說：「我在書上讀過，吾主福特那個年代對科學進展的看法很有趣。他們認為科學會永無止境發展下去，無須考慮其他因素。知識即為至善、真理即為至上，一切萬物都隸屬其下。當然，從那時起，這個看法就開始動搖。吾主福特費盡心力才將人們從愛好真理美善導向追求舒適享樂。大規模生產促成這轉變。世人快樂，社會的輪軸就能安穩運轉，這是真理美善辦不到的。尤其在人民謀奪政治權力時，所企求的不是真理美善，而是快樂。儘管有如此轉變，人們那時對各類科學研究依舊開放不設限，人們也仍舊不斷討論真理美善，彷彿那是至高神靈。一直到九年戰爭爆發，這看法終於受到動搖。話說，身邊時時有炭疽炸彈轟炸時，真理美善有什麼用呢？九年戰爭之後，科學終於首度上了檯面掌握實權。為了追求寧靜生活，人們就連口腹之欲都願意犧牲。從那之後，我們就一直掌權至今。當然，這無益於追求真理，卻能帶來快樂。天下沒有白吃的午餐。追尋屬於自己的快樂是有代價的。華生先生，你現在就得付這代價，因為你太偏執於追求美感。我也曾經過度執著於追求真理，因此付出過代價。」

「但你沒被送到島上呀。」沉默許久的野蠻人開口說道。

管理者笑了笑，「這就是我付出的代價。我選擇為快樂奉獻自己，為他人的快樂，而不是我的。還好，這世上有那麼多島嶼。沒這些島，我還真不知道該怎麼辦呢。我想大概只能把你們全都關進毒氣室吧？說到這裡，華生先生，你喜歡熱帶氣候嗎？像是馬克薩斯群島或薩摩亞島之類的。還是想到氣候更宜人一點的地方？」

坐在氣動椅裡的赫姆霍茲抬起頭來說：「我想到氣候惡劣的地方去。我總覺得，氣候條件愈差，能寫出來的作品就愈好。最好能去有強風暴雨的地方，像是……」

管理者點點頭表示同意。「能有這種精神，我很佩服，華生先生。我真的很佩服。檯面上我不贊同，但私底下我很欣賞。福克蘭群島你覺得怎麼樣？」他笑著問。

「好，我覺得不錯。」赫姆霍茲說：「那麼，您要是不介意，我想先去看看可憐的柏納怎麼樣了。」

17

「藝術跟科學都犧牲了，你們所謂的快樂代價還真高。」房間裡只剩他們兩人時，野蠻人說。

「還有別的嗎？」

「當然，還有宗教。」管理者答道。「九年戰爭前，還有所謂上帝。但我已經快忘光了。我猜你知道上帝是什麼吧。」

「嗯……」野蠻人遲疑了。要是以前，他會很想告訴管理者，那一夜的月色下，高地懸崖邊，他一人在漆黑夜裡獨自面臨死亡的感受。要是以前，他會很想訴說這一切。但此刻，卻沒有文字足以表達。就連莎士比亞作品裡也找不到可以描繪的字句。

此時，管理者走到房間另一頭，打開牆上書架間的大保險箱。厚實的箱門開了，管理者伸進黑暗中翻找。「我一直對宗教很有興趣。」他說完取出一本書，書皮黑的，相當厚。「比如像這個，你應該沒讀過。」

野蠻人看著封面唸道：「《新舊約聖經合訂本》。」

「這也沒讀過吧。」他拿著一本封面已經不見的書。

「《遵主聖範》。」

「這也是吧。」他又拿出另一本書。

「《宗教經驗之種種》，威廉·詹姆斯著。」

「我還有很多呢。」穆斯塔法·蒙德邊說邊走回自己位子。「一堆古老的色情書。上帝關進保險箱，福特安放在架上。」他指著一架架終於亮相的書、朗讀機卷軸跟錄音紙卷。

「如果你知道上帝是什麼，你怎麼不告訴大家？」野蠻人生起氣來。「為什麼不讓大家讀這些有關上帝的書？」

「就跟不讓大家讀《奧賽羅》是同一個道理。因為都太古老了，寫的是幾百年前的上帝，不是現在我們所欽崇的福特。」

「可是上帝不會改變。」

「但人會改變。」

「那又有什麼不同？」

「整個世界都不同了。」穆斯塔法·蒙德站了起來，又走到保險箱旁。「以前有個人，紐曼樞機主教。」他說：「樞機主教，就近似我們的團歌大教長。」

「『本人潘德夫，米蘭樞機主教。[1]』我在莎士比亞裡讀過。」

「是呀，我想你當然讀過。總之，我要說的是，以前有個樞機主教叫紐曼。嗯，書在這裡。」他抽出了書。「既然都講到這個了，也把這本書拿出來好了。這本書是個叫做曼・德・比朗的人寫的。他是哲學家，你知道哲學家是什麼嗎？」

「其所想望者，遠不及天地之人[2]。」野蠻人很快地說。

「這麼說也可以。我等下讀一段他寫的東西給你聽。不過現在先聽聽看這位老團歌大教長說了什麼。」他翻開書中夾著紙條的那一頁。「我們不屬於自己，正如同我們所持有之物亦不屬於我們。人無法創造自己。人無法超越自己。人也非自我的主人。人皆屬於上帝。若此想來，我們能不快樂嗎？覺得我們屬於自己，怎麼會有欣慰或快樂呢？年少得志的人也許會認為我們屬於自己。他們或許以為自己能坐擁一切、能不倚靠他人非常美妙。眼前不可見的一切，便不考量。也不願時時敬奉上帝、時時禱告，也不在乎自己的行為是否會左右他人。但隨時間過去，他們終將如所有人一

1　莎士比亞《約翰王》，第三幕第一景。

2　改自莎士比亞《哈姆雷特》，第一幕第五景。指天地間許多事物並非哲學可以想像的。

樣發現，人無法僅僅仰賴自我。自立是不自然的狀態；也許人可以自立一陣子，但自立無法帶領我們安穩走向終點……」穆斯塔法．蒙德讀到這兒便放下書，拾起另一本翻開。「比如說這段。」他以低沉嗓音繼續讀：「人皆會老。隨著年華逝去，人會強烈感受到身體孱弱、疲倦無力、不安無措；而且，還都妄自以為自己只是病了，安撫自己事出必有因，以為總有一天會好起來。這全是沒用的想像！人想像的病說穿了便是年老；真是可怕的病。據說，人上了年紀後會尋求宗教慰藉，正是因為害怕死亡，畏懼死後的世界。但是我從自身經驗相信，人的宗教情懷是自然隨著年齡而增長；不是出於恐懼妄想，而是由於熱情漸漸止息、情感不再強烈，所以理智運作時的阻礙變少了，不會被幻想、欲望、誘惑所蒙蔽而耽溺其中。於是上帝仿若自雲後浮現，我們的靈魂見證也感受到了，便自然而然轉身迎向這一切光明之源。以往感官世界的生命力、活力的泉源逐漸枯涸，你我短暫的存在不再靠內在與外在印象，我們需要可以倚靠的對象，永不會欺瞞我們的對象。我們需要的是真實、是絕對永恆的真理。沒錯，我們因此不可避免地轉而面對上帝。這份宗教情懷最為純粹，最能滋養靈魂，彌補了我們生命中失去的種種。」穆斯塔法．蒙德闔上書本，靠向椅背。「這些哲學家思索天地萬物，有很多事想不透，而其中一件就是我們這個現代社會（他揮手比劃著）。『唯有年少得志的人才會不倚賴上帝；自立無法帶領我們安穩走向終點。』但看看我們現在，青春美貌跟富裕生活可以一路相伴到生命盡頭，如此一來，顯然就不用倚賴上帝了。『宗教情懷可以彌補我們生命中失去的種種。』但在現代社會，我們不會失去什麼，也就用不著彌補，所以宗教情懷是多餘的。如果青春永不消失，又何必汲汲營營於尋求青春的替代品？如果能永保少時種種狂放，又何須尋求精神寄託？如果身心能享盡活動遊戲的樂趣，又何須退隱休息？有了甦麻，何須慰藉？有了社會秩序，何須永恆常在？」

「所以你認為世上沒有上帝？」

「我相信很可能有。」

「那為什麼……」

穆斯塔法．蒙德打斷他的話，「只是上帝總以不同面貌現身。在現代來臨之前，祂以這些書裡描述的方式顯現。而今……」

「而今祂怎麼顯現自己呢？」野蠻人問。

「祂以不現身來顯現自己，彷彿祂從不曾存在過。」

「這都是你的錯。」

「是文明的錯。上帝與機械、科學醫藥、普世快樂都不相容，所以必須取捨，而我們的社會選擇了機械醫藥快樂，我只得將這些書全鎖在保險箱裡。裡頭都是淫邪思想，人們要是讀了一定會非常震驚……」

野蠻人插嘴問：「可是，心裡覺得有上帝存在，這不是很理所當然嗎？」

「褲子裝拉鍊不是也理所當然嗎？」管理者嘲諷了一下。「你這問題讓我想到一個老傢伙，叫布萊德利。他給哲學下了個定義：替自己憑直覺相信的事物找個不怎麼樣的理由，就叫哲學。講得好像人是憑直覺去相信事物！人之所以會相信事物，全是制約訓練的功勞。替自己因為糟糕理由而相信的事物去找出其他糟糕理由來自圓其說，那就是哲學。人相信有上帝，不過是因為自己被制約要相信有上帝。」

「就算這樣，」野蠻人依舊堅持自己的看法，「人在深夜獨處，思考起死亡的意義時，心裡自然而然會有上帝啊……」

「可是如今的人從不獨處。我們讓他們恨透了獨處，生活各面向都經過精心打點，他們幾乎不可能有機會獨處。」

野蠻人幽幽地點了點頭。在馬爾帕依斯時，他被排拒在村子種種社群活動之外，只能獨處，心裡很苦。而在倫敦的文明社會，他一樣苦，卻是因為無法安靜獨處，逃不開社群活動的魔掌。

「你記不記得《李爾王》裡的這段話？」野蠻人又開口說道：「『天神毫不偏頗，以其欲治其欲。他與人私通有了你，卻失了雙眼。[3]』然後埃德蒙回應——你記得嗎？他那時受了傷，快死了——『你所言極是，半分不假。命運之輪轉了一圈，我又淪落至此。[4]』這一段你怎麼看？難道不是有一個上帝在主宰著，賞善罰惡嗎？」

「哦，是嗎？」管理者反問。「現代人大可以跟不孕女沉浸在色欲的歡愉裡，沒有任何風險，雙眼絕不會被兒子的情婦給挖出來。『命運之輪轉了一圈，我又淪落至此。』埃德蒙要是活在現代，他會在哪裡？他會坐在氣動椅上，摟著女孩子的腰，嚼著性荷爾蒙口香糖，觀看實感電影。天神毫不偏頗，沒錯。但神的律法卻是由打造社會的人訂下的。所謂天命，不過是人的意志。」

「你這麼肯定嗎？你確定坐氣動椅的埃德蒙，下場不會像受傷流血至死的埃德蒙一樣慘嗎？天神毫不偏頗。色欲難道沒有使他墮落嗎？這不正是天神懲戒的手段嗎？」

「哪來的墮落？他快樂勤奮又樂於消費，是最標準的公民，無可挑剔。當然，如果不用我們現在的標準來看，也許他是墮落了。但你也只能有一套價值標準啊。總不能用離心力彈跳球的規則來打電磁高爾夫球。」

---

3 莎士比亞《李爾王》，第五幕第三景。

4 莎士比亞《李爾王》，第五幕第三景。

「但價值豈可由一己好惡決定。」野蠻人說。「物之價也，一看估者重之與否，二論其或有可貴之處，方可裁定，有如獻禮[5]。」

「這扯得太遠了吧？」穆斯塔法．蒙德不以為然。

「如果心中時時想望上帝，便絕不會任憑自己墮落於色欲之中。懷抱苦難皆有耐性，個人舉措皆有勇氣。印第安人就是這樣，我親眼見過。」

「我相信你確實見過。」穆斯塔法．蒙德說：「問題是，我們不是印第安人。文明社會裡，沒有痛苦、無需忍耐。至於個人舉措，吾主福特應該也不會允許有這念頭。要是人人都自行其是，必然擾亂社會秩序。」

「那自我節制呢？心裡有上帝，自然會讓人自我節制啊。」

「唯有不去自我節制，工業社會才得以發展。只要經濟與衛生條件許可，我們鼓勵最大限度的自我放縱，否則社會之輪就停止運轉了。」

「那你們也該禁欲吧！」野蠻人說到禁欲時有點臉紅。

「可是禁欲會使情緒高漲、神經衰弱。社會為之動盪，文明隨之終結。少了色欲，文明無法長

5 莎士比亞《特洛伊羅斯與克瑞希達》，第二幕第二景。

久。」

「但有了上帝，才有了追求高尚品格、美好事物、英勇行止的理由。如果你們有上帝……」

「我親愛的朋友呀，」穆斯塔法．蒙德說：「品格高不高尚、行止是否英勇都與文明無關。那些事情不過是政治失能的病徵。我們這個社會井然有序，絕沒有人有機會做君子、當英雄。除非陷入了動盪不安，才會發生什麼大事。當有了戰爭，人人各擁其主，或有了難以抗拒的誘惑，或有值得追求或捍衛的對象，在這些情境下，高尚品格與英雄情操才有意義。而現在，我們沒有戰爭，社會也盡最大努力讓你不會過度喜愛誰。這裡也沒有各擁其主的分歧。制約訓練做得太好，你根本無法不照著劇本走。照著劇本盡情享樂，順應本能無須壓抑，又哪來誘惑好抗拒呢？萬一不幸有了不順心的事，呵，隨時有甦麻能帶你遠離現實。甦麻還能幫你撫平憤怒、與仇人言歸於好、讓你堅忍不拔有耐性。以往，你必須經過多年道德訓練才能達到這樣的境界，現在，只要半公克甦麻吃個兩三顆就能輕鬆辦到。人人都可以有良好品德。你隨身的小藥瓶裡就裝著至少一半的品德。不必流淚就得救贖，這就是甦麻的功效。」

「但怎可不流淚？你忘了奧賽羅說過的嗎？『倘若暴風雨過後，總有一片平靜的風景，那且任由風颸吧，直至將死亡喚醒。[6]』有個印第安老人曾經告訴我們一個故事。瑪沙基有個女孩，凡是想娶她回家的年輕男人，必先得在她園子裡替她鋤上一上午的草。看似不難，但園裡有被施了魔法的蚊蠅阻撓。很多人受不了叮咬，都放棄了，只有一人忍到最後，抱得美人歸。」

「這故事確實有趣，不過，文明社會裡，想要贏得美人芳心，不用替她鋤草，也不會被蚊蟲叮咬。幾百年前我們就消滅了蚊蟲。」管理者說。

野蠻人眉頭深鎖，點點頭說：「是呀，消滅。這就是你們做事的方法。碰上討厭的事物就消滅它，而不學著忍受。究竟哪種情操更加高貴？是該默默忍受命運以弓弩暴烈襲擊，或該拾起武器勇於面對反抗眼前種種困難[7]？……但你們既不願忍受、又不肯回擊，而是乾脆禁止使用弓弩武器。這太容易了。」

忽然之間，他默默不語，想起了母親。想起她在三十七樓的房間裡，漂浮在歌聲的光亮與香氛的撫弄之中，愈漂愈遠。漂離時間、漂離空間、漂離記憶的牢籠與日常作息、漂離那具老化肥腫的軀體。還有前孵育制約中心主任托馬金，仍在甦麻假期之中，逃離羞愧痛苦。在那裡，他聽不見人

6　莎士比亞《奧賽羅》，第二幕第一景。

7　莎士比亞《哈姆雷特》，第三幕第一景。

們耳語訕笑，看不見那張老邁醜陋的臉，更感覺不到環在頸子上那濕黏鬆軟的臂膀，他的世界美好多了……

「你們最缺乏的，就是流淚，流淚才能帶來的轉變，在這裡，沒有一件事物付出該有的代價。」

（「一千兩百五十萬元。」亨利・佛斯特有一次反駁野蠻人的這般說詞。「一千兩百五十萬元，這就是建造新制約中心所付出的代價。一毛也少不了！」）

「凡人與未知之事皆交予命運、死亡與危險，只為了那微渺之事[8]。這麼做不是自有道理嗎？」他抬頭看著穆斯塔法・蒙德。「根本不必提到上帝，雖然上帝可以是存在的理由。難道生存在憂患之中是沒有道理的嗎？」

「當然有道理，很有道理。」管理者回應。「所以不分男女，我們會替他們施打腎上腺素。」

「你說什麼？」野蠻人沒聽懂，問著。

「那是維持健康的一大條件。所以我們強制人人接受V. P. S.治療。」

「V. P. S.？」

---

8 莎士比亞《哈姆雷特》，第四幕第四景。

「Violent Passion Surrogate，強烈激情替代。每月定期接受一次，在體內注入腎上腺素，促成等同於憤怒恐懼的生理效果。注射後，你可以感受到謀殺德斯底蒙娜、或被奧賽羅給謀害等亢奮情緒，卻不會有現實中捲入謀殺案的麻煩或不便。」

「但我喜歡那些不便。」

「我們不喜歡。我們選擇舒舒服服地做事。」

「我要的不是舒適。我要上帝，我要詩歌，我要真正的險境。我要自由，我要良善，我要罪惡。」

「這麼聽來，你要的是有權不快樂。」

「沒錯。」野蠻人毫不屈服，「我要求不快樂的權利。」

「那連帶包含了變老變醜、陽痿不舉的權利，也包含了得梅毒和癌症的權利，吃不飽的權利，渾身不舒服的權利，時時憂慮未來的權利，感染傷寒的權利，以及經受各種難以言喻的苦楚的權利。」

一片靜默，沒有言語。過了好一會兒，野蠻人終於開口：「沒錯，我要求以上一切權利。」

穆斯塔法・蒙德聳聳肩說：「隨便你囉。」

18

房門半開著，他們倆走進去。

「約翰！」

浴室傳來聲響，讓人不怎麼舒服的奇怪聲響。

「你還好嗎？」赫姆霍茲叫道。

沒人回應，又傳來那聲音，兩次，接著靜了下來。忽然喀啦一聲，浴室門開了，野蠻人面無血色走了出來。

「約翰，你看起來真的不大對勁！」赫姆霍茲關切地說。

「吃了什麼不好的東西嗎？」柏納問。

野蠻人點了點頭，說：「我吃了文明。」

「什麼？」

「我中了文明的毒，被玷汙了。」他沉沉地說：「我吃下了自己的惡。」

「嗯，什麼？我是說，你剛才在……」

「現在我已經淨化了。」野蠻人說。「我喝了點芥末加溫水催吐。」

另外兩個人瞪大眼看著他，不敢置信。柏納問：「你的意思是，你故意那麼做？」

「印第安人都這樣淨化自己。」他坐了下來，嘆口氣，手拂過了額頭。「我好累了，得休息一下。」他說。

「這我倒不訝異。」赫姆霍茲說完後，沉默了一會兒，換了個語氣說：「我們是來道別的。明早就要出發了。」

「對呀，明天就得走了。」柏納說。野蠻人發現他臉上神情大不相同了，一種順其自然的堅決。柏納忽然傾身向前，一手放在野蠻人膝上，說：「還有，約翰，我一定要為昨天的事向你道歉。」他紅著臉很羞愧，「真是太丟臉了。」他聲音微微顫抖，仍堅持繼續說道：「真的很……」

野蠻人不讓他再說下去，拉著他的手，熱切緊握。

柏納停頓了一下又說：「赫姆霍茲也對我很好。要不是他，我早就……」

「好了，好了。」赫姆霍茲說。

室內一片靜默。儘管哀傷，三人心裡卻很歡喜。也許正是因為哀傷，才能顯現出三人之間的情誼。

「今天早上我去見了管理者。」野蠻人打破沉默說。

「為什麼？」

「去問能不能跟你們一起去島上。」

「他怎麼說？」赫姆霍茲焦急地問。

野蠻人搖搖頭，說：「他不讓我去。」

「為什麼？」

「他說他要繼續這場實驗。那我寧可死！」野蠻人忽然動了氣，忿忿地說：「要拿我繼續做實驗，我寧願下地獄。管他是什麼管理者，明天我就要走！」

「你要去哪？」另外兩人異口同聲問道。

野蠻人聳一聳肩，說：「去哪都好，我都不在乎，只要能獨處就好。」

航線由吉爾福一路經過威河河谷到古德明，接著穿過米爾福、惠特利，然後朝黑斯米爾方向，越過彼得斯菲爾德，最後到普茲茅斯。另一條北上航線，約略與這航線平行，行經沃普斯登、堂漢、艾爾斯泰德與葛雷夏特。兩條航線在豬脊山與母鹿頭之間相距僅六、七公里。碰上漫不經心的飛行員，尤其是夜間飛行而他們又服用太多甦麻時，這短短距離實在不安全。以前就發生過好幾次重大意外。於是後來將北上航道向西挪幾公里，在葛雷夏特與堂漢之間便多了四座廢棄的燈塔，標記著普茲茅斯至倫敦的舊航線。燈塔上方的天空，早無人跡，相當寧靜。偶有直升機在賽爾本、博登跟法恩翰上空嗡嗡呼嘯而過。

普頓漢跟艾爾斯泰德之間的山頂上，有座舊燈塔。野蠻人選定此地為自己的隱修所。燈塔以鋼筋混凝土建成，房子狀況極佳，根本太過舒適了，太多文明的痕跡在裡頭。野蠻人剛發現此地時心裡這樣想著。他答應自己，自我訓誡定要更加嚴格，徹頭徹尾淨化自己，這樣才對得起良心。在隱修所的第一晚，整夜無眠，他刻意剝奪自己睡眠，整夜跪地禱告，向上天祈禱（《哈姆雷特》裡克勞底阿斯王就曾向上天祈禱懺悔）、以祖尼語向阿翁納威婁納祈禱、向耶穌跟蒲康神祈禱、也向自己的守護神老鷹祈禱。他展開雙臂，像被釘在十字架上那樣，刻意維持這姿勢撐著，直到身體疼痛逐漸累積成難以承受的痛苦。在無形的十字架上，他張著臂膀，咬牙苦撐（汗珠則不斷自臉上滴落），一次一次吶喊著：「啊！請寬恕我的罪。啊！請讓我成為純潔之人。啊！請助我變成更好的人。」不斷重複，直到他痛到差點昏過去。

晨光降臨，他認為自己終於得到留居燈塔的資格。沒錯，即使這裡窗戶有玻璃、塔台外有著無限美景，他也有資格留下來了。窗外景色便是他當初選定此地作為隱修所的原因。但這也差點成為他不得不離開的原因。景色太美，自高處看去，彷彿神靈化身。但他算什麼東西，怎可時時刻刻俯瞰這美景？他怎可住在能夠感應上帝化身的地方？他只配住在豬圈或漆黑地洞裡。一晚的煎熬換得一身痠疼，但也換得他心裡踏實，覺得自己可以留下的權利，於是他爬上塔台，望著旭日燦燦升起。北方豬脊山狹長白色山脈聳立，豬脊山東端立著吉爾福的七座摩天大樓。看到摩天大樓，野蠻人一臉厭嫌。但他後來逐漸釋然，因為到了夜裡，大樓點點燈光有如幾何形狀的星斗，歡樂紛呈地閃爍著。有時探照燈也探出光亮的手指（以全英格蘭只有野蠻人知道的某種手勢），莊嚴神聖地指向天空，摸索著深不可測的奧祕。

燈塔立在一沙丘上，沙丘與豬脊山之間有一山谷，普頓漢便坐落山谷內。普頓漢是個小村子，樓房高不過九層，有穀糧儲存塔、家禽養殖場跟一座維他命D工廠。燈塔面南那側，地勢漸次低下，長長的斜坡長滿石南花叢，與數個水塘相連。

水塘再過去是一片樹林，樹林後頭就是艾爾斯泰德十四層高的大樓。迷濛遠處隱約可見母鹿頭跟賽爾本兩個城鎮，誘人望向更遠處一片晴朗藍色天空。野蠻人選擇這座燈塔，不全然因為地處偏遠，也因為周遭近處景物迷人。有樹林、有綿延一片的石南花金雀花叢、一簇簇蘇格蘭冷杉、波光粼粼的水塘，有樺樹枝葉垂映其上，也有睡蓮立於水面、燈心草攀在水邊。這些景物本就美好，對長年住在美國沙漠的人而言，更是驚豔。況且還能獨處！好多天過去了，他一個人影也沒見到。從查令T字塔起飛到索瑞郡這座燈塔約莫只要一刻鐘，但附近的荒地卻比馬爾帕依斯更無人煙。離開倫敦的人，都只是為了要到郊區打電磁高爾夫或網球。普頓漢跟這些活動完全無關。最近的黎曼曲面網球場在吉爾福。這裡什麼都沒有，只有花草美景，實在沒理由來。所以，一個人影都沒有。野蠻人剛到的頭幾天，都是自己一人，不受打擾。

約翰初抵倫敦時領了一筆錢，幾乎全拿去買裝備。離開倫敦前，他買了四條人造絲羊毛毯、繩索、線、釘子、膠水、一些工具、火柴（不過他打算找個時間自己造生火棒）、鍋盆、二十幾包種子、跟十公斤麵粉。「對，我不要合成澱粉。」他堅定地說。「就算合成澱粉再營養我也不買。」但他依舊禁不起店員推銷，買了全腺體素餅乾與添加維他命的人造牛肉。看著眼前的罐頭，他責備自己意志如此不堅。文明食物真討厭！他暗暗下了決心，就算餓死也絕不碰那些東西。「這就是我的反抗。」他憤憤地想。同時，也讓自己能夠記取教訓。

他點了點身上的錢。算算不多，希望能讓他撐過這冬天。明年春天，花園裡的作物應該就能供他自給自足了。況且，野外總有獵物可打。他見過有不少兔子出沒，水塘邊也有水鳥蹤跡。他立刻著手打造弓箭。

燈塔附近有白蠟樹可用。至於箭桿，附近一整片雜樹林裡，有不少直挺漂亮的榛樹苗。他先砍倒一棵樹齡尚淺的白蠟樹，取無枝樹幹一段，約六呎長，剝去樹皮，按照老密西馬教他的方法削開木頭，一層層削。最後他有了一根等身長的木棍，中段厚實堅硬，兩端稍細而有彈性。手上的工作帶給他無限愉悅。待在倫敦幾週，除了按按開關、轉轉門把，沒其他事可做。做點考驗技巧耐性的事，能帶來最簡單純粹的喜悅。

他快要把木棍削成弓身時，發現自己竟然哼起歌來，吃了一驚。他竟然在唱歌！彷彿他不小心撞見的人是自己，逮到自己的過錯，發現自己罪大惡極。他羞愧地紅了臉。他逃來這裡，可不是為了來唱歌和享受的，而是要逃離骯髒汙穢的文明生活。是為了要淨化自己、改善自己、為了贖罪而來的。他心裡很不好受，他太過專注於做弓箭，竟然忘了曾對自己許諾，承諾要永遠記得可憐的琳達，還有自己的絕情苛刻如何害死了她；承諾不可忘了那些噁心的孿生子，不停追問琳達死了沒，像蝨子一樣出現，褻瀆了他的哀傷懺悔，也褻瀆了天上諸神。他發誓要記得這一切，發誓要不停懺悔，但他卻在這裡快樂地削著弓、還開心唱起歌來……

他衝進屋裡，打開一盒芥末，在火上燒起水來。

半小時過後，同屬一個波康諾夫斯基群體的三名戴爾它負族的農場工人，開車往艾爾斯泰德時，驚見山頂廢棄的燈塔外有個年輕人，上身赤裸，不斷以打結的繩鞭抽打自己。年輕人背上一道道深紅，每一條鞭傷都滲著血。開車的工人一見到他，馬上在路邊停車，連同另兩個工人在路邊目瞪口呆看著這詭異景象。一下、兩下、三下……工人們數著年輕人背上的鞭傷。打了八下之後，年輕人忽然停下動作，衝到樹林邊狂嘔一陣。一吐完，又立刻拾起鞭子抽打自己。九、十、十一、十二……

「福特呀！」三人驚呼。

三天後，記者來了，就像美洲鷲發現腐屍那樣。

弓在濕木升的火上慢慢烘烤到乾硬之後，就算做好了。野蠻人接著做箭。三十枝榛樹樹枝都已剝了皮，也削好了，箭間上安好了釘子，搭弓弦用的凹槽也挖好了。有天晚上他偷偷去了普頓漢的家禽飼養場一趟，所以現在也有足夠羽毛可以裝在箭上了。第一個記者找到他時，他正忙著替箭裝羽毛。記者穿著氣墊鞋，無聲無息地走到他身後。

「早安呀！野蠻人先生。我是《整點廣播報》的記者。」

野蠻人彷彿被蛇咬了一口一樣，整個人彈了起來，箭、羽毛、膠水瓶跟刷子撒了一地。

「不好意思。」記者真心地說著。「我不是故意要……」說著說著他摸了摸頭上的鋁製大禮帽，裡頭藏有無線電發送器。接著又說：「帽子有點重，我就不脫帽了，請您見諒。就像剛才跟您提到的，我是《整點廣播報》的……」

「你要幹嘛？」野蠻人繃著臉問。記者臉上則掛上最奉承的笑容。

「是這樣的，可以跟我們的讀者……」他側著頭，諂媚一樣的笑著。「說幾句話就好嗎？野蠻人先生。」語畢，他以一貫熟練的動作解開兩條電線，將電線插在腰際繫著的攜帶式電池，接著再把電線接到鋁帽側邊，並且輕觸帽上一個彈簧，一條天線立刻彈射開來，指向天空。又再輕摸帽緣另一個彈簧，一支麥克風就像盒子裡的小丑彈了出來，懸在他鼻子前方十來公分前。順手拉下耳邊的耳機，朝帽子左緣的開關按了一下，隨即傳來黃蜂似的嗡嗡聲。記者伸手調了帽子右邊的旋鈕，原先的嗡嗡聲陸續變成聽診器裡的呼吸聲、批哩啪拉爆裂聲、打嗝聲，最後是一陣突然竄出的吱吱聲。「哈囉。」記者對著麥克風說：「哈囉，哈囉……」帽子內忽然傳來電話鈴響。「艾德索，是你嗎？我是普理莫．麥隆。對，我找到他了。野蠻人先生要對著麥克風說幾句話。是吧？野蠻人先生？」他抬起頭看著野蠻人，又是一臉燦笑。「請告訴我們的讀者，為什麼你會到這裡來？你突然離開倫敦有什麼緣故嗎？（艾德索，不要掛電話！）還有，可否告訴我們那條鞭子是怎麼回事？（野蠻人一臉吃驚。他們怎會知道鞭子的事？）」「大家都很想知道鞭子到底是怎麼一回事。然後你也可以談談文明，像是『我覺得文明世界的女孩子怎麼樣』之類的。總之，只要說幾句話就好，幾句……」

野蠻人照做了，卻只生硬不自然地吐出五個字，就是上回柏納對他提起坎特伯里團歌教長時，他吼回去的那五個字：「Hani! Sons eso tes-na!」說完一把抓起記者的肩膀，把他轉過身（那人還真會偽裝），然後以冠軍足球選手的力道和準度，毫不留情地踢出一腳。

八分鐘後，最新的《整點廣播報》已經在倫敦街頭販售。頭版標題寫著：「整點廣播報記者遭野蠻人踹中尾骨！索瑞郡轟動事件！」

「連倫敦也轟動了！」被踢的記者回到倫敦後，讀起報導時這樣想著。這則轟動新聞可是用疼痛換來的。他小心翼翼地坐下吃午餐。

這位記者尾骨的瘀傷嚇阻不了另外四位分別代表《紐約時報》、《法蘭克福四度連續體報》、《福特科學監督報》、《戴爾它鏡報》的記者，他們當天下午紛紛到燈塔登門拜訪，卻遭受更暴力的對待。

逃到一定距離之外之後，《福特科學監督報》的記者邊揉屁股邊說：「蠢貨！白癡！你幹嘛不吃點甦麻？」

「快給我滾！」野蠻人揮舞拳頭。

那人退了幾步，接著又轉過身說：「甦麻吃兩克，壞事就沒轍。」

「Kohakwa iyathtokyai!」野蠻人語帶威脅地吼著。

「疼痛是幻覺。」

「是嗎？」野蠻人說完立刻抄起一枝粗榛木棒，大步走去。

《福特科學監督報》記者立刻拔腿跑向直升機。

那之後，野蠻人終於得到一小段寧靜時光。幾台直升機在燈塔附近刺探般徘徊。野蠻人於是拾起弓箭，朝飛得最近的那台直升機射去，一箭射穿了機艙的鋁製底板。一聲尖叫傳來，那直升機以增壓器最大功率加速衝上天空。後來幾架直升機便懂得保持距離，以示尊重。野蠻人暫且不理會引擎聲嗡嗡作響（他想像自己是瑪沙基少女的追求者，對園中那些有翅害蟲無動於衷，毫不動搖），繼續在預定要當菜園的地方挖土。又過了一陣子，那些有翅害蟲約莫是覺得無趣了，便一一飛走了。有好幾個小時，他頭上的天空一片寧靜，除了幾隻雲雀，一點聲響都沒有。

空氣悶熱，簡直讓人喘不過氣，遠方天空傳來雷響。挖了一個早上的土後，他攤在地上休息。忽然，列寧娜的身影在他腦海出現，那樣真實，那樣具體，一絲不掛地對他說：「寶貝！抱緊我！」她身上只穿著鞋襪，滿身香氣。蕩婦！該死的蕩婦！但，啊！不！不！不！她環著他脖子，隆起的酥胸跟誘人的嘴！永生的歡樂在我們唇上、在我們眼裡。列寧娜……啊！不！不！不！他跳了起來，依然裸著上身，衝到屋外。荒地邊緣長著一片刺柏，他張開臂膀，撲了上去。他擁抱的，不是他渴望的那個滑嫩細緻的胴體，而是一道道扎人的綠棘。千百枝綠棘扎著他。他試著在腦海中喚起有關琳達的記憶，可憐的琳達躺在那裡，喘不過氣、說不出話，兩手摸著脖子，一雙眼裡全是無盡的恐懼。他不能忘了琳達，他發過誓的。但此刻在他腦中糾纏的，還是列寧娜的身影。他明明發誓要忘了她的。刺柏的綠棘再怎麼刺，他痛得不斷抽搐的身體還是感受得到她，真實地令人無從閃避。「要是你也想要我，你怎麼不……」

鞭子就掛在門邊的釘子上，等著用來驅趕那些不速之客。發狂似地，野蠻人衝到屋內，抓起鞭子，使勁地揮。鞭上的繩結一下又一下啃咬著他的皮肉。

「蕩婦！蕩婦！」每打一下，他就吼一次，彷彿他用力鞭打的是列寧娜（他雖然沒察覺，但發了狂的下意識卻由衷希望如此），打的是那白皙、溫熱、滿身香氣卻無恥的列寧娜。「蕩婦！」隨即痛苦地說著：「哦！列寧娜，請原諒我。上帝，請寬恕我。我是壞人，我很邪惡。我……不！不！你這蕩婦！你這蕩婦！」

三百公尺外，實感電影公司專門拍攝大型動物的攝影師達爾文．波納巴特在樹林裡的藏匿處裡看著這一切。耐心等待和高超藏匿技術終於有了回報。他坐在一個假橡樹樹洞裡等了三天，又花了三晚在石南叢間匍匐前進。他在金雀花叢中埋設麥克風，再把電線埋進鬆軟的沙地裡。這七十二小時過得很苦，但最重要的一刻終於來了。他邊挪動器材邊想，這是自他拍下《大猩猩的婚禮》這部吼聲不斷的賣座實感電影以來，最重要的一刻了。「太棒了！」野蠻人開始那驚人的表演時，他這麼對自己說。「太棒了！」鏡頭緊跟著野蠻人的劇烈動作移動。接著，切換到高倍率鏡頭好捕捉那張猙獰扭曲面孔的特寫（太出色了）。然後轉成慢動作攝影半分鐘（這一定可以營造出強烈的喜劇效果，他心想）。同時，他仔細聽著底片旁音軌錄下的鞭打聲、哀號聲跟那些胡言亂語（對，這樣效果確實更好）。在短暫的寧靜中，傳來雲雀一聲鳴啁，他真希望野蠻人現在能轉過身，好讓他拍背上血跡的特寫。那傢伙還真配合（運氣太好了），還真的剛好轉身，讓他拍下了完美的特寫鏡頭。

「哇！這真是太棒了！」拍完他對自己說。「真是棒透了！」只要再加上實感特效，一定會是曠世鉅作。達爾文．波那巴特心想，幾乎能跟《抹香鯨的愛情生活》一樣經典了。福特呀！那可真是了不起！

十二天後，《索瑞郡的野蠻人》這部實感電影上映了，西歐所有一線實感影城都能親身看見、聽見、感覺到那種震撼。

達爾文．波納巴特的電影立刻帶來極大迴響。首映後的隔天下午，約翰的鄉間獨居生活忽然被空中蜂擁而至的直升機打斷。

那時，他正忙著開墾農園，賣力地鋤著土，也翻鋤著思緒。死亡——圓鍬落入土中，一鏟、一鏟又一鏟。昨日、昨日、復昨日，過去種種僅為俗人照亮一條通往死亡的路[1]。這字句字字珠璣，有如雷擊貫穿。他又挖起一堆土。琳達為什麼會死？為什麼讓她一步一步不成人形，最後……他

---

1 莎士比亞《馬克白》，第五幕第五景。

不禁發顫。可親吻的臭肉[2]。他腳踩著圓鍬，用力一踏，讓圓鍬穿入黏硬土壤裡。在神的面前，人就如落入頑童手裡的蒼蠅，隨意剝奪一條性命，只為樂趣[3]。莎士比亞的字句再度如雷響起，語出《李爾王》中的格勞斯特伯爵。一字一句揭示了真理，比真相還要真的真理。然而，格勞斯特卻同時又稱天神慈悲。最好的安息是睡眠，你常召喚睡眠，卻又懼怕無異於睡眠的死亡[4]。死亡，無異於睡眠。睡眠。也許有夢[5]。圓鍬鏟到一顆石頭，他停下來挑出石頭。在死亡的睡眠裡，做的是什麼夢[6]？……

頭頂上原本嗡嗡的引擎聲忽然隆隆作響，一片陰影蓋頭而來，在太陽與野蠻人之間，似乎多了什麼。他覺得有些奇怪，暫時擱下手邊工作與思緒，抬頭往上看。他還迷迷糊糊搞不大清楚狀況，因為心裡記掛著那個比真相還真的真理，想著無遠弗屆的死亡與神靈。抬起頭，他看見大批直升機在空中盤旋就在他頭上。像蝗蟲一般，一架架直升機來了，在空中盤旋一陣子，又一台台降落在旁

2 莎士比亞《哈姆雷特》，第二幕第二景。
3 莎士比亞《李爾王》，第四幕第一景。
4 莎士比亞《一報還一報》，第三幕第一景。
5 莎士比亞《哈姆雷特》，第三幕第一景。
6 莎士比亞《哈姆雷特》，第三幕第一景。

邊的荒原上。從這些巨大的蝗蟲腹中，每架都走出了一對男女，男人穿白色人造法蘭絨，女人或穿醋酸纖維山東綢睡衣褲，或穿棉製天鵝絨短褲跟無袖拉鍊半開上衣（因為天氣很熱）。沒幾分鐘，荒原上多了幾十對男男女女，站在燈塔周圍東張西望、笑鬧拍照。還有人扔花生（就像扔給猩猩那樣）、性荷爾蒙口香糖、全腺體奶油餅乾給野蠻人。每隔一會兒，荒原上的人就多了一些，豬脊山那邊交通往來絡繹不絕。像做噩夢一樣，十幾個人瞬間變成幾十個人，幾十個轉眼又變成幾百個人。

野蠻人趕緊找個有遮蔽的地方躲著，就像被逼到絕境的動物。他靠著燈塔的牆，望著那一張張臉孔，害怕地說不出話來，早已失去理智。

一包口香糖，不偏不倚打中他臉頰。這一擊，又驚又痛，將他拉回現實。他清醒過來，非常清醒，非常憤怒。

「滾！」他大吼。

猩猩開口說話了耶，有人大笑，有人拍手。「好哇！野蠻人！幹得好！」喧鬧中，野蠻人聽見人們喊著：「鞭子！鞭子！我們要看鞭子！」

這建議似乎點醒了野蠻人，他自門後的釘上取下鞭子，對著入侵者揮舞。

人群中反倒傳來掌聲歡呼。

他惡狠狠地朝人群走去。有個女人害怕地尖叫。人牆如潮水，危險一旦逼近就退散，一遠離便聚回，完全沒有潰散的跡象。人數上的優勢，替這些遊客壯了膽。這是野蠻人萬萬沒料到的，他大為詫異，停下腳步張望。

「你們為什麼不肯放過我？」慍怒之中，聽得出一股哀傷。

「吃點鎂鹽杏仁吧！」有個男人說了。要是野蠻人走上去揮鞭，頭一個打到的就是他。他拿出一包杏仁，說：「這東西真的不錯。而且吃鎂有助常保青春。」男人臉上的笑臉帶著幾分安撫的意味。

野蠻人不理會他，只問：「你們到底要我怎麼樣？」他齜牙咧嘴，瞪著一張張臉反問：「你們到底要我怎麼樣？」

「鞭子。」幾百個聲音此起彼落地說著：「鞭子秀。我們要看鞭子秀！」

眾聲忽然合一，低沉緩慢地齊聲說著：「我們—要看—鞭子秀！」「我們—要看—鞭子秀！」沒開口的也立刻跟上，鸚鵡一般反覆唱誦著，一遍又一遍，愈來愈大聲，不知說到第七次還是第八次時，全場已無其他聲響，只聽得到「我們—要看—鞭子秀！」

所有人齊聲唱誦，那聲響整齊劃一、節韻鏗鏘有力，所有人沉醉其中，看似可以不斷唸上幾小時，也許會永遠唸下去也不一定。到了第二十五次時，唱誦之聲忽然被打斷。豬脊山那側飛來一架直升機，在上方盤旋了一陣後，便在這群遊客跟燈塔之間的空地停下，離野蠻人沒幾公尺遠。唱誦聲一時被螺旋槳的聲響掩蓋。但直升機一熄火立刻又起：「我們—要看—鞭子秀！」「我們—要看—鞭子秀！」單調反覆的語句跟先前同樣響亮，毫無頹勢。

直升機的門開了，一個俊美氣色紅潤的年輕男人先走了出來。一個穿著綠燈心絨短褲、白襯衫、頭戴騎士帽的年輕女子隨後走了出來。

一看到那女子，野蠻人慌了，退縮不前，臉色發白。

年輕女子站在那兒朝他笑，那笑裡，幾分沒把握、幾分哀求，近乎卑微的笑。幾秒鐘過去了，女人的嘴動了動，她說話了，但話語完全被遊客們的唱誦聲吞沒。

「我們—要看—鞭子秀！」「我們—要看—鞭子秀！」

年輕女子把雙手按在左胸上，陶瓷娃娃般的秀麗臉孔上出現的是與那美貌極不相稱的表情，一種渴望的痛。那雙藍色大眼愈張愈大，亮閃閃的，接著兩道淚珠就順著臉頰滾落。雖然還是聽不見，但她又開口說話了。說完，她忽然激動地張開雙臂，跑向野蠻人。

「我們—要看—鞭子秀！」「我們—要看—鞭子秀！」

「蕩婦！」野蠻人發了狂似地衝向她。「臭鼬！」他像個瘋子般，揮舞著繩鞭抽了過去。

她嚇了一大跳，轉身拔腿就跑，但一不小心跌在石南叢裡。「亨利！亨利！」她喊著。但她那氣色紅潤的男伴早閃得遠遠的，躲到直升機後了。

遊客們高聲歡呼吶喊，人牆稍稍鬆動開來，隨即又往最吸引人的中心聚集。痛楚叫人又怕又愛。

「受煎熬吧！淫欲。受煎熬吧！」野蠻人繼續瘋狂地揮鞭。

周遭的人一擁而上，像豬圈的豬，爭先恐後擠到飼料槽旁。

「啊！肉欲！」野蠻人磨著牙。這回，鞭子落在他自己肩上。「消滅肉欲！消滅肉欲！」

對疼痛的畏懼令圍觀者著迷。加上制約訓練根深柢固，他們有種強烈的從眾欲望，渴望群體一致的救贖。於是，他們一個個模仿起野蠻人痛毆彼此，就像野蠻人暴打自己身軀或鞭打他腳邊石南叢中抽搐著的色欲化身一般。

「消滅肉欲！統統殺光！」野蠻人不斷吼著。

忽然，不知道誰唱起了〈雜交與狂歡〉，沒一會兒，所有人都跟著反覆唱著那幾句歌詞，唱著唱著，一個個都跳起舞來。雜交與狂歡，所有人以六八拍子的節奏互相揍打。雜交與狂歡。

最後一批直升機飛走已經是午夜時分了。甦麻的藥效加上長時間情緒波動，野蠻人在石南叢中昏昏沉沉睡了。再醒來時，太陽已高掛天上。他躺了一會，像貓頭鷹被光直射時那樣眨著眼，突然，昨天的一切，他想起來了。

「哦！上帝呀！上帝呀！」他捂著雙眼。

那天晚上，自豬脊山蜂擁而來的直升機彷彿一團烏雲，連綿十公里。各大報都刊載了前一晚雜交和解的經過。

「野蠻人先生！」第一批抵達的人一下直升機便喊著：「野蠻人先生！」

沒有回應。

燈塔的門半開。他們推了門進去，窗簾全掩，他們沿著室內的微光走了過去。屋子那頭的拱門邊，有道樓梯可以上樓。就在拱門頂正下方，懸掛著一雙腳。

「野蠻人先生！」

那雙腳如羅盤上的兩隻指針，慢慢地，極其緩慢地，擺到右邊，北、東北、東、東南、南、南南西，然後打住，過沒幾秒，又緩緩地往左擺，南南西、南、東南、東……

終極幸福的樣貌

漫遊者文化編輯部

自人類步入文明後的數千年來，從未停止對理想社會的追求與渴望，身為群居動物的我們深知，快樂、安穩的生活無法憑一己之力取得，而是得在穩定、有序的社會甚至世界這個前提下，才有可能實踐。於是無數關於政治體系、社會模式的討論應運而生，我們不斷想像一個完美理想未來，沒有動盪、沒有戰爭，從此過上幸福快樂的每一天。這個未來或許是烏托邦，或許是桃源鄉，但當那一日來臨時，那真的會是我們想要的嗎？投身極樂淨土要支付的門票，是我們支付得起的代價嗎？

工業革命後，科技進展一日千里，人類不必再為基本生存需求苦惱，過去只屬於少數人的完美國度幻想，似乎不再那麼遙不可及。而二十世紀，爆發兩場大規模世界大戰後，我們對安穩幸福生活的渴望更是加倍成長。但為何在短短數十年間，爆發了反烏托邦浪潮，在這個背景下誕生的《美麗新世界》又是怎麼回事？首先，得先從烏托邦談起。

烏托邦幻想

古希臘哲人柏拉圖（Plato）在著作《理想國》（*The Republic*）中，描述了他心目中的理想國家該如何組成[1]：他將人分成金銀銅三個階級，負責做決策的統治者是金，保衛公民並協助統治者的衛士是銀，提供公民必需品的勞工是銅。三個階級分別代表了智慧、勇敢和節制，他們各安其分、各司其職，才可能組成完美的國家。為了達成這個目標，衛士階級不僅不能有私產，所有財產共有，連夫妻、孩子也是整個階級共有。事實上，柏拉圖認為要禁絕家庭關係，所有孩子統一送到國家育幼院成長，不知道自己的父母是誰，就能維持對國家的忠誠。而統治者則要由歷經層層考驗，並能成功抵禦誘惑的哲學家出任，才能做出最有利社會的決定。理想國中還有一套自己的優生學，公民的性交活動表面上由抽籤決定，實則由國家安排，只有血統優良者才能生下後代。柏拉圖甚至認為藝術活動也不該存在。

柏拉圖這張理想國度的藍圖，啟迪了後世無數對完美世界的討論及想像。而十六世紀的著名大

---

1 柏拉圖提出這個國家體系一開始是當作比喻，用來討論個人正義問題，但他的確也十分鍾意他所提出種種體系設定，並以各項細節加以完善。

儒湯瑪斯・摩爾（Thomas More）[2]也承襲傳統，寫下《烏托邦》（*Utopia*）一書。在書中，烏托邦位於一座世外島嶼，外人無法輕易進入，摩爾打造了類似希臘城邦的聯邦體系，設有總督、族長等少數統治者。階級分明，並強調尊卑長幼有序，人民以務農為主，並要學習第二職業，職業世襲。婚配前，相親男女必須由親友陪同，裸裎相見，以免婚後後悔。另外，在烏托邦中取消了貨幣制度，經濟上採共有財產制，金銀財寶只做裝飾用途，或遇到外來襲擊時雇請傭兵。這麼一來，人民不會為了私產爭吵，統治者也不會為了貪瀆影響決策，真正能實踐夜不閉戶的祥和社會。至於人民生活道德的建立，除了幼年教育，成年後每日除了工作、運動，還需聆聽公眾演講，增加法律及道德觀念。這種強調共產共工，「我為人人，人人為我」的精神，是烏托邦的核心價值，也是摩爾隱晦地表達對當時嚴重貧富不均等社會亂象的不滿。

　　在柏拉圖和摩爾的著作中，經常受到質疑的是，這樣的體系似乎都在為極權主義背書，不僅國家優於個人，更有權力掌控個人，不得反抗。考慮到這些著作成書的時代背景，作者或許都提出了當時他認為最佳的解決方案，不該以此評價。二十世紀的知識分子，也用同樣的方式——寫書諷刺

2 湯瑪斯・摩爾（Thomas More，1478-1535），英格蘭著名政治家、作家。曾被英王亨利八世任命為宰相，後因不願改信新教而被送上斷頭台。天主教將其封為聖人，又稱「聖湯瑪斯・摩爾」。

當代政治經濟狀況，只是他們的擔憂在於極權統治、國家的權力過大、國家完全凌駕個人之上。而烏托邦傳統便是他們拿來做文章的絕佳對象，二十世紀有三本以此著稱的作品，人稱「反烏托邦小說三大代表作」，包括赫胥黎的《美麗新世界》、喬治．歐威爾的《一九八四》和薩米爾欽的《我們》。不同於《一九八四》描繪的高壓統治，《美麗新世界》的統治者用制約反應、幼童睡眠學習和藥物等懷柔手段，期望在不知不覺中達到最好最不費力的統治效果。而這正是赫胥黎又期盼又懼怕的未來映照。

赫胥黎的矛盾與期待

一八九四年，阿道斯．赫胥黎誕生在擁有悠久學術研究傳統的赫胥黎家族，他的祖父是捍衛達爾文演化論的著名生物學家，兩個兄弟也在生物學界表現傑出。他從小在父母的精心教育下成長，後進入伊頓公學，期間得到嚴重眼疾。第一次世界大戰爆發前，他進入牛津大學讀英國文學。一九一六年他自願參軍，卻因為一眼只剩一半視力被拒絕。自牛津大學畢業後，他回伊頓公學教了一年法文，《一九八四》作者喬治．歐威爾也是他的學生。

第一次世界大戰爆發時，赫胥黎才二十歲，對一位剛成年的年輕人來說，整個世界可謂是天翻地覆，相當震撼。美國在一次大戰快結束前才參戰，雖然加速了戰爭結束，也可說是這次世界大戰的最大贏家，戰後也迅速崛起。關心時局的赫胥黎，在一九一八年給哥哥的信上提到，第一次世界大戰最可怕的後果，便是「加速美國成為世界主宰」。而他在一九二六年初次訪美，發現了美國跟他想像的一樣粗俗詭異，他在那年年末出版的旅行文學《戲謔的彼拉多》（*Jesting Pilate*）中，批判了廉價電影、「氣感」的時髦女子、「野蠻」的爵士樂跟永無止息的精力。這些都源自他造訪洛杉磯時所聞所見，而他也因此對歐洲的前景感到憂慮。「我真希望你去加州看看。」他曾在一封給剛到美國的友人的信中這樣說著：「就物質生活而言，這大概是世上最接近烏托邦的地方。」

赫胥黎不只一次悲觀地提到「世界的未來掌握在美國的手裡。」而《美麗新世界》書中的世界國、摩天大樓、美元經濟、崇尚青春、「實感電影」（像是觸覺版的好萊塢電影）、性荷爾蒙口香糖、隨處可見的拉鍊（赫胥黎認為這是美國的正字標記）與薩克斯風，都是用來諷刺美國生活滲透至世界各地的象徵。

一九三一年，赫胥黎寫信給友人，提到他打算再度訪美，「好知道情況到底有多糟。我想，人偶爾總會思考這種問題吧。」同年五月，他在另一封信中提到他正在撰寫「一本關於未來的小說，探討威爾斯式的烏托邦與當中種種反動。」赫胥黎不只一次公開嘲弄H. G.威爾斯[3]的《天神之人》（*Men like Gods*）與該書中所描繪的人物「活潑、樂觀、善於創造、勇於接納又脾氣好」。凡是關於人類進步前景的論述，他都覺得荒謬厭憎，還稱這種論述為「威爾斯主義」。事實上，除了《天神之人》，赫胥黎跟威爾斯的想法有許多共通點。兩人都對議會民主政治極其不屑，也都深信社會階級必須以心智高下分級，由菁英專家階層領導掌控。《美麗新世界》一書原本很可能是要諷刺《天神之人》跟他想像中的「加州式」的世界。但動筆之後，原先想要虛構一個未來世界的想法，竟跟他在自身所處世界中的憂慮交織在一起。

一九二九年十月，華爾街股市崩盤，全球陷入經濟大蕭條，商品大量出口的英國也遭受重創。兩年間，英國各地失業率攀升。一九三一年初，英國經濟狀況江河日下，而國會卻無能為力。當時許多評論家認為整個歐洲經濟也將崩盤，血腥動亂將席捲重來。

赫胥黎看待英國政經局勢也愈加悲觀。他對議會政治徹底絕望，跟許多同時代的人一樣，他也認為代議政治應該退場，世界應該由能「敦促人們實踐理性洞見需求並承擔其後果的人」來統治。

一九三二年一月，《美麗新世界》出版前兩週，赫胥黎在BBC廣播節目中提到，該用優生學做

3 H. G. 威爾斯（Herbert George Wells，1866-1946），英國著名科幻作家，被譽為科幻小說之父，曾四度獲諾貝爾文學獎提名。知名著作包括《時光機器》（The Time Machine）、《世界大戰》（The War of Worlds）等。

為政治控制的手段，並坦言他支持優生學家用來「控制西歐人種的墮落……」兩次大戰期間，不論黨派，許多知識分子都認為優生學是解決社會問題的關鍵[4]。波康諾夫斯基技術、波德史奈普技術、新帕夫洛夫制約和睡眠學習，都是赫胥黎在電台訪問中建議用來因應英國政治動盪的手段。他說：「環境可能迫使人文主義者求助於科學，正如同自由主義者也可能尋求獨裁統治。秩序，不論以何種形式存在，都好過混亂。」

他描繪了一九三一年英國社會的縮影，認為解決之道就在《美麗新世界》裡。例如，孵育中心主任告訴學生，低階人種早被制約，所以「只要有機會」，就往鄉間跑，從事各種體能活動，而且只能從事法定許可，「需要運用繁複設備儀器的活動，以刺激商品及運輸消費」。還有，書中也反覆提到世界國的道德警語「縫縫補補不如全部換新」，可說是赫胥黎對當時經濟學者的反諷。當時學者普遍認為英國經濟困境源自消費力不足。赫胥黎十分痛恨這種論調，認為經濟學者凱因斯是罪魁禍首。凱因斯提倡，只要大興公共建設，便可解決大規模失業，刺激經濟發展。公共建設論在赫胥黎寫書當時引起激烈討論。書中的障礙高爾夫球場、倫敦郊區的離心力球塔，以及雙排電扶梯壁球場，都可以算是某種變形扭曲的凱因斯計劃。

4 在希特勒崛起，並提出猶太人最終解決方案後，赫胥黎放棄了贊同優生學的看法。

我們可以將《美麗新世界》視為一本揭露極權國家的危險，也可以當作是赫胥黎對惱人美國的諷刺作品，甚至也能看作是赫胥黎對科學統治的間接背書，儘管他對此並不樂觀。無論讀者選擇何種詮釋觀點，至少對赫胥黎來說，定位這部作品並不容易。究竟此書是諷刺小說、是預言又或是對未來的藍圖，赫胥黎自己也相當苦惱。一九三五年，記者問赫胥黎，他比較認同「野蠻人的追尋或是制約下的穩定」，據說他的答案是：「都不認同。我覺得這兩者之間，一定能找到令人滿意的可行制度。這也是我們該努力的目標。」在《美麗新世界》中，安穩有序、沉溺感官快樂、充滿制約與雜交的理想國，難免讓人覺得少了些什麼，尤其是在約翰的對照下。但蠻族保留區就比較好嗎？別忘了約翰跟琳達在馬爾帕依斯受到的種族歧視（「他們討厭我，因為我的膚色。」）。這比柏納・馬克斯跟赫姆霍茲・華生在世界國遭受的更讓人難受。在新墨西哥，異類受到的懲罰更加殘酷。此外，比起新世界的福特崇拜與甦麻，馬爾帕依斯的原始圖騰崇拜與梅爾卡斯酒就更好嗎？

赫胥黎曾說，如果他要改寫這個故事，也許會給野蠻人約翰不同的結局，讓他能活在另一個社會裡，沒有經濟專斷、政府組織的社會，不會用科學與科技作為高壓控制手段。但幸虧他最後沒有這麼做。我們對幸福的想像從來不是可以被一種形式滿足的。我們不能只是列寧娜或是約翰而已，我們常常渴望擁有兩種極端生活，無憂無慮、充滿感官享受很美好，但我們也相信，人生的意義遠在於五官感受之上，表面的滿足永不足夠。

給歐威爾的信

親愛的歐威爾先生，

謝謝你特地讓出版社寄了一本書給我。書到的時候，我自己的書正寫到一半，恰好需要大量閱讀跟查問許多參考資料。視力不好讓我得控管讀書量，所以等了好一陣子才開始讀《一九八四》。我完全同意那些書評的意見，這本書有多麼細緻、多麼重要應該不需要我再多說。我倒想說，這書處理了終極革命[1]這個主題。所謂終極革命是超越政治與經濟的革命，是徹底顛覆個體心理和生理的革命。而終極革命哲學的初步線索，可以從薩德侯爵（Marquis de Sade）身上找到，他認為自己

1 ultimate revolution，赫胥黎認為人類歷史上曾經發展出的革命，包括政治革命、經濟革命、宗教革命等，都是改變個人外在環境的革命，但因為科技進展快速，將會迎來終極革命，這場革命會直接改變個人的心理和生理狀態，進入心甘情願接受被奴役的狀態。

是格拉克斯．巴貝夫（Gracchus Babeuf）和羅伯斯比爾（Robespierre）的後繼者。《一九八四》中統治外圍黨的哲學是虐待狂，它經由超越了「性」又否定「性」，來得出這個合乎邏輯的結論。在現實中，這種踐踏人民的政策能否永遠繼續下去，似乎令人存疑。在我的信念裡，寡頭統治者會找到不那麼困難費力的統治方式，來滿足他們的權力欲望，而這些方式就類似我在《美麗新世界》裡描述的。我最近恰巧有機會研究動物磁性說[2]和催眠術的歷史，並發現梅斯梅爾[3]、布雷德[4]、伊士戴爾[5]等人的洞見，在過去一百五十年來居然不被當作正經知識看待。

催眠術不受重視的部分原因是唯物主義盛行，也有部分是因為名聲問題。十九世紀的哲學家與科學家不願意研究政治家、士兵、警察的心理狀態，好在體制內應用。感謝先祖們的無知，這至少

---

2 animal magnetism，動物磁性說。由梅斯梅爾提出，認為人類、動物、植物體內都帶有磁性流動，並可利用磁性治療疾病。

3 法蘭茲．梅斯梅爾（Franz Mesmer，1734-1815），德國心理學家、催眠術奠基人。催眠術原名Mesmerism便是由他的名字而來。

4 詹姆斯．布雷德（James Braid，1795-1860），蘇格蘭外科醫生，被認為是第一位催眠治療師以及現代催眠術之父。將催眠正式命名為Hypnotism。

5 詹姆士．伊士戴爾（James Esdaile，1808–1859），蘇格蘭外科醫生。曾在東印度公司任職約二十年，首度以催眠麻醉病人進行無痛手術。

讓終極革命的降臨推遲了五到六個世代。另一個幸運的意外是，佛洛伊德無法成功進行催眠，並因此貶低催眠術，這讓催眠術普遍應用在精神病學起碼晚了四十年。但如今精神分析已經與催眠結合，而且在巴比妥類藥物的幫助下，催眠更加容易並可以無限延伸，即便是最頑固的受試者也可以進入催眠及誘導狀態。

在下一個世代，我相信全球統治者會發現，比起俱樂部和監獄，嬰兒制約和麻醉催眠會是更有效的統治工具，並且讓人民真心喜愛被奴役的狀態，來滿足統治者的權力欲望，跟鞭打踢踹人民好讓他們服從的效果一樣好。換句話說，我覺得《一九八四》噩夢注定會改變形式，融入另一個類似我在《美麗新世界》裡描繪的世界。這種改變是為了要增加效率。同時，當然有可能會爆發大規模的生化跟原子武器戰爭，到那時就得迎接我們從未想像過的噩夢了。

再次謝謝你的贈書。

此致，

阿道斯・赫胥黎